AF286384

www.SCOPAR.de

Über die Autoren:

Jürgen T. Knauf ist Unternehmer, Unternehmensberater, Personal-Coach, Autor und Keynote-Speaker

Annika Strauss ist Schauspielerin, Autorin,
Moderatorin und Rhetorik-Trainerin

Jürgen T. Knauf

Annika Strauss

Kaleidoskop der Scherben

Ein ungewöhnlicher Roman

© 2024 Jürgen T. Knauf, SCOPAR

Umschlaggestaltung und Illustration: Mirjam Schuster (www.pulsprung.de)
Bildnachweis: Copyright by Gorbunov Evgenij by Thinkstock/Getty Images
Lektorat: Juliane Bieger, Deike Wilhelm
Druck: Libri Plureos GmbH, Friedensallee 273, 22763 Hamburg
Verlag: SCOPAR, Würzburg
Printed in Germany
ISBN Print: 978-3-9816565-0-3
ISBN eBook: 978-3-9816565-1-0

5. Auflage 2024

Bibliografische Information der Deutschen Nationalbibliothek:
Die Deutsche Nationalbibliothek verzeichnet diese Publikation in der Deutschen Nationalbibliografie; detaillierte bibliografische Daten sind im Internet über
https://dnb.d-nb.de abrufbar.

Mein Spiegel des Lebens

Ich bin bereit, mich zu entwickeln, bereit, neue Wege zu gehen, bereit, jeden Tag aufs Neue zu leben. Ich entwickle mich, wo immer es geht, ich reflektiere, ich sehe, ich gehe neue Wege. Ich blicke in den Spiegel des Lebens, erkenne die Wege, die so vielfältig sind, wie der Spiegel und das Leben selbst.

Ich bin achtsam - wissend, dass alles, was mit mir in Resonanz geht, all meine Gefühle und Emotionen mir etwas *sagen* wollen. Ich lerne aus Verlusten, Enttäuschungen, Ablehnungen, Misserfolgen, gescheiterten Beziehungen, Momenten des Ärgers, Stresssituationen, Unfällen und Krankheiten - wissend, dass sie meiner Entwicklung dienen, mir die Möglichkeit geben, zu reflektieren, zu erkennen, neue Wege zu gehen. Ich gehe neue Wege, denn sie beflügeln mein Vertrauen, meine Stärke, meine Wahrnehmung, meine Klarheit, mein Wachstum, mein Selbstbewusstsein, meine Liebe, meinen Glauben, mein Leben.

Ich achte auf meinen Körper, denn ich weiß, es ist der einzige Ort, an dem ich leben kann. Ich achte auf meine Seele, denn ich weiß, Glück und Zufriedenheit wohnen einzig und allein in mir selbst. Ich achte auf meinen Geist, denn ich weiß, nur ein scharfer und kreativer Geist erlaubt es mir, mich im Spiegel des Lebens zu erkennen.

Ich bin dankbar für meinen Spiegel des Lebens, ohne den ich nicht der wäre, der ich bin, ohne den ich nicht der werde, der ich sein kann.

Jürgen T. Knauf

Liebe Leserin,
lieber Leser,

Sie halten ein wertvolles Buch in Händen. Wenn Sie es zur reinen Unterhaltung lesen, ist der Wert nicht so hoch, als wenn Sie zusätzlich das Gelesene reflektieren. Wie? Ganz einfach: achten Sie auf die Zeilen und Szenen, die mit Ihnen in Resonanz gehen, bei denen Sie Wahrheit fühlen, die Sie ansprechen, die Sie bewegen.

Machen Sie eine kurze Pause, bevor Sie weiterlesen und reflektieren Sie, was das Gelesene mit Ihnen und Ihrem Leben – privat wie beruflich – zu tun haben könnte. Meist werden Sie es sofort wissen. Schreiben Sie sich das Thema auf und was Sie diesbezüglich in Ihrem Leben ändern könnten. Nur Stichpunkte, das genügt. Am Ende des Buchs haben Sie so Ihre persönliche Liste, die Sie dann zur Erinnerung in ein kleines Wunschkästchen legen können, in der Hoffnung, dass die Energie des Kästchens sich um Ihre Themen kümmert. Oder Sie nehmen sie selbst in die Hand. Markieren Sie sich Ihre fünf wichtigsten Punkte und beginnen Sie damit, diese getreu dem Motto: 'love it, change it or leave it' abzuarbeiten.

Ich wünsche Ihnen viele Inspirationen, eine wertvolle Liste und spannende Unterhaltung.

Herzlichst

Ihr
Jürgen T. Knauf

1

Mein Herz setzte für einen Moment aus. Ich spürte, wie ein stechender Schmerz von meiner Brust in meinen Magen ausstrahlte. Was machte sie hier? Und wieso stand sie vor meiner gläsernen Bürotür? Sollte sie nicht 650 km entfernt in ihrem Büro sitzen? Tausend Fragen schossen durch meinen Kopf und die verschiedensten Gefühle kämpften um ihre Vorherrschaft. Ich wusste nicht, wie ich mich verhalten sollte, aber mir war klar, dass das nicht gut gehen konnte. Meine Mutter sagte mir als Kind, dass jede Lüge und jedes Fehlverhalten früher oder später doch noch zum Vorschein kommen würden. Eltern erzählen ihren Kindern ja viel, um sie dazu zu bringen, die Wahrheit zu sagen und auch, um ihnen Angst zu machen, etwas zu verheimlichen. Doch in diesem Moment dröhnte die Stimme meiner Mutter wie eine Sirene in meinem Kopf. Hatte sie Recht? Würde nach all den Jahren doch noch alles herauskommen?

Es klopfte.

»Ja, bitte.«

Ich versuchte meiner Stimme einen völlig normalen und unwissenden Charakter zu verleihen. Die Tür öffnete sich.

Da stand sie.

Sie hatte sich kaum verändert in den letzten fünf Jahren. Ihre Figur war immer noch sehr weiblich und steckte in einem engen, blauen Kostüm. Der Ausschnitt war nicht zu weit, aber weit genug, um zu erkennen, dass sich darunter etwas Wohlgeformtes verbarg.

Da stand sie also.

Einen Moment lang starrten wir uns nur an. Sie trug die Haare anders. Kürzer. Und glatt. Sie sah gut aus, das konnte man nicht leugnen. Sie gehörte zweifelsohne zu diesen Frauen, die Männer nervös werden ließen. Waren es ihre Augen? Ihr Mund? Ihre Figur?

»Sabine, was für eine Überraschung. Was führt dich denn hier her?«, heuchelte ich mit freundlicher Stimme, um mir nichts anmerken zu lassen.

»Hallo Michael, schön dich wieder zu sehen. Ich arbeite jetzt bei euch. Ich wurde quasi versetzt.«

Mein Herz setzte erneut aus. Hatte ich da eben richtig gehört? Sie arbeitete jetzt hier, bei uns? In meiner Nähe? Unter meiner Führung? Ich hatte das Gefühl, einen riesigen Bissen Unbehaglichkeit runterschlucken zu müssen.

»Oh, ja, schön...«, stammelte ich.

Dann fing ich mich wieder etwas und versuchte interessiert zu wirken.

»Wie kommt das denn?«

»Kühl war wohl der Meinung, dass ich einen Standortwechsel benötige«, sagte sie und zog dabei eine Augenbraue hoch.

Sie kam näher und signalisierte mit einer Geste, ob es in Ordnung wäre, Platz zu nehmen. Ich nickte, obwohl ich diese Frau nicht in meiner Nähe ertrug.

»Er und Stein kooperieren ja ziemlich eng miteinander und irgendwie kam es dazu, dass sie einige der Chef-Sekretärinnen, für die ein Standortwechsel möglich wäre, austauschten, um so 'frischen Wind', wie sie meinten, in das Unternehmen zu bringen. Das sei ein erster Schritt, um alte Strukturen aufzubrechen. Sie sind ja der Meinung, dass auch wir unseren kreativen Teil leisten.

Aber ich denke, da steckt was anderes dahinter.« Sie lächelte dabei hämisch.

»Ich habe da etwas von neuen Restrukturierungskonzepten gehört, die bis in sechs Monaten erstellt werden sollen.«

»Zwei. Bis in zwei Monaten«, erwiderte ich.

Ich musste mich bemühen, ihr zuzuhören, da mich die Tatsache, dass sie von nun an in meiner Nähe sein würde, völlig aus der Bahn warf. Sie zog ihre Jacke aus und ein Schwall ihres Parfüms traf meine Nase wie der Faustschlag eines Profiboxers. Tausend Bilder und Erinnerungen schossen vor meinem inneren Auge vorbei. Wieso konnten Gerüche nur solch starke Emotionen auslösen?

Sie fuhr fort.

»Ich bat Stein, mich auch fachlich in eine andere Abteilung zu stecken. Ich hoffe, es ist in Ordnung für dich, dass ich in deiner gelandet bin. Wenn du Hilfe bei der Konzeptentwicklung brauchst, stehe ich dir ab jetzt gerne zur Verfügung.«

Ich hatte keinen Zweifel mehr, sie war immer noch dieselbe. Nach allem, was war, verfolgte sie immer noch denselben Plan. Und nun sollte ich mit ihr zusammenarbeiten?

»Ja, ja, klar. Mal sehen, ich arbeite derzeit schon an dem Konzept, aber wenn ich deine Hilfe brauche, lasse ich es dich wissen. Vielen Dank für dein Angebot.«

In Wahrheit hatte ich keine Ahnung, wie ich dieses dämliche Konzept zustande bringen sollte. Seit Tagen hatte ich keine gute Idee und nun befürchtete ich, dass sich in meinem Kopf ganz andere Dinge breit machen

würden als die Entwicklung eines neuen Organisations-
konzepts.

Sie stand auf, nahm ihre Jacke und Tasche in die Hand und ging langsam auf die Tür zu. Kurz bevor sie den Raum verließ, drehte sie sich noch einmal um.

»Hast du schon zu Mittag gegessen?«

Sie lächelte mich an.

»Nein, äh... ich habe keinen Hunger, danke.«

Sie zuckte mit den Schultern.

»Na gut, dann eben ein anderes Mal.«

Mit diesen Worten verließ sie den Raum.

»Nein, auch kein anderes Mal!«, schrie es förmlich in mir. Ich starrte auf meinen Rechner. Was sollte ich jetzt nur tun? Im Moment wäre sie das I-Tüpfelchen, um meine Ehe komplett zu zerstören.

Wie sich bald zeigen sollte, war sie nicht nur das.

Zwei Wochen zuvor.

Ich war gerade dabei, einem wichtigen Großunternehmer aus Spanien eine E-Mail zu schreiben, als Herr Stein, mein Chef, in mein Büro kam.

»Schneid, wir treffen uns in zehn Minuten in meinem Büro. Ich habe etwas sehr Wichtiges mit Ihnen zu besprechen.«

Er wirkte angespannt und nervös. Wenn ich es mir genau überlegte, sah er meistens so aus. Getrieben. Aber heute ganz besonders.

»Ja, natürlich«, antwortete ich etwas verunsichert.

»Was kann das wohl sein?«, fragte ich mich. Zehn Minuten später saß ich in Steins großzügigem Büro. Es war ungefähr viermal so groß wie mein eigenes und sehr stilvoll eingerichtet. Herr Stein war zweifelsfrei ein Afrika-Fanatiker. Holzgeschnitzte, deckenhohe Giraffen gesellten sich zu einer Couchgarnitur, die eine Mischung aus Leopard und Zebra darstellte, was meiner Meinung nach eine sehr fragwürdige Symbiose war.

»Es gibt einen besonderen Grund für unser spontanes Meeting, Schneid«, sagte Stein mit ernster Miene.

Wenn ich nicht gewusst hätte, dass ich einer seiner besten Männer wäre, hätte ich mir für einen Moment fast Sorgen um meinen Arbeitsplatz gemacht. Da Stein aber nun mal seinen festen Sitz ebenfalls in unserem Standort Süd hatte und er deshalb mit mir enger zusammenarbeitete als mit den Chefs der anderen Standorte, hatten wir einen vertrauteren Umgang miteinander. Das war für einige Situationen von Vorteil, für andere wie-

derum weniger. Wer hatte schon seinen Chef gerne jeden Tag um sich? Aber Stein ließ mir die meiste Zeit freie Hand und litt weder unter Kontrollzwang, noch mischte er sich überall ein, wie ich es von einigen frustrierten Freunden immer wieder zu hören bekam. Außerdem war er viel unterwegs, um die anderen Standorte zu besuchen.

»Unser Unternehmen fährt schon seit einiger Zeit in die falsche Richtung. Nach langjährigem Gleichstand schaffen es die Affen von Sohner Maschinenbau doch tatsächlich, uns zu überholen. Die Zahlen sind eindeutig.«

Er runzelte die Stirn und schien in echter Sorge zu sein. Seine 62 Jahre sah man ihm nicht unbedingt an. Er war immer schön gebräunt durch seine regelmäßigen Urlaube, die er sich seit Jahren zwangsverordnete. Nach seinem Herzinfarkt vor acht Jahren musste er einen Gang zurückschalten. Er war immer ein Workaholic gewesen. Die Familie kam an zweiter Stelle, was vielleicht der Grund für seine mittlerweile dritte Ehe war. Seine Frau Tanja war vierzehn Jahre jünger und glich seine Dominanz aus, indem sie dominant mit seiner Visa Karte umging.

Seine Stirn warf tiefe Furchen, besonders die Zornesfalte war stark ausgeprägt. Ich hatte sie schon öfters betrachtet und bemerkt, dass sie Ähnlichkeit mit dem Umriss der Insel Sylt hatte. So, wie die Aufkleber, die viele auf ihren Autos hatten.

Da fiel mir der Spruch von Albert Schweitzer ein: »Mit zwanzig hat jeder das Gesicht, das Gott ihm gegeben hat, mit vierzig das Gesicht, das ihm das Leben gegeben hat, und mit sechzig das Gesicht, das er verdient.«

Bei der heutigen Betrachtung seiner Furchen und seiner gesamten angespannten Mimik überkam mich das Gefühl, dass es diesmal mehr als nur die übliche Panikmacherei sein musste. Er schien wirklich Angst um sein Unternehmen zu haben.

»Schneid, Sie sind einer meiner besten Mitarbeiter und unter anderem auch der beste Standort-Leiter, aber das wissen Sie ja. Und ich sage Ihnen im Vertrauen: Wenn wir jetzt nicht etwas ändern, dann war's das mit der MaschBa GmbH. Futsch.«

Ich wollte ihn nicht unterbrechen und schwieg. Fragend sah ich ihn an.

»Schneid, ich habe nicht 23 Jahre meines Lebens investiert, um mein Unternehmen kurz vor meinem Ruhestand in die Insolvenz zu bringen. Die Pfeifen von Sohner bieten aus irgendeinem Grund höhere Qualität zum gleichen Preis und obendrein auch innovativere Produkte an als wir. Irgendetwas haben sie unternommen, dass sie nun plötzlich Marktführer sind. Ich weiß noch nicht was, aber ich werde es herausfinden.«

Stein drehte sich auf seinem teuren Ledersessel um und öffnete eine Schranktür hinter sich. Er holte eine Flasche Sambuca heraus. Ich sah ihn mit großen Augen an.

»Wollen Sie auch einen, Schneid?«

Er goss sich einen großzügigen Schluck in seine Kaffeetasse.

»Ähm, lieber nicht. Es ist noch ein bisschen früh, finden Sie nicht, dass...«. Doch ich wurde bereits von Stein unterbrochen.

»Stellen Sie sich nicht so an, Herrgott, das ist eine Ausnahmesituation. Es ist ja nicht so, also würde ich das täglich machen.«

Er goss mir ebenfalls einen kräftigen Schluck in ein Glas ein und reichte es herüber.

»Wissen Sie, ich mochte die Kaffeebohnen nie, auch wenn sie traditionell hineingehören. Ich habe mich immer gefragt, wieso.«

»Ich habe mal gehört«, sagte ich zaghaft, da die Situation befremdlich wirkte, »dass eine alte Frau den Sambuca in Italien erfand und dass immer, wenn sie ihn servierte, zwei bis drei Fliegen durch den süßen Duft angezogen wurden und...«

»Ja, ja, ja, wie auch immer, Schneid. Wir haben jetzt keine Zeit für Geschichten.«

Ich trank meinen Schnaps aus. Ich konnte den Anis-Geschmack nicht ausstehen. Ich merkte, wie der klebrige Saft meine Speiseröhre hinunterlief und in meinem leeren Magen landete. Für einen kurzen Moment wurde mir übel.

»Was wir brauchen, ist etwas völlig Neues. Wir müssen grundlegend etwas ändern. Es muss ein neuer Wind wehen.«

»Ja, das hört sich logisch an. Und wie kommen wir an einen neuen Ansatz? Wollen Sie externe Berater dafür einkaufen?«, fragte ich ihn etwas naiv.

»Nein! Das ist doch immer das Gleiche mit denen. Die haben keine Ahnung von der Praxis, malen bunte Bildchen, wovon sich nichts umsetzen lässt, und dafür wollen die dann auch noch einen Haufen Geld. Nein! Wofür habe ich denn meine fünf Standort-Leiter Nord, Süd, West, Ost und Mitte? Ich möchte, dass Sie, Kühl,

Becker, Richter und Liebig neue Konzepte entwickeln und Sie mir in zwei Monaten vorlegen. Und zwar am 30. Oktober.«

Das konnte unmöglich sein Ernst sein. Wie sollte ich mir neben meinen Hauptaufgaben noch ein Konzept überlegen, mit dem wir die ganze Unternehmensstruktur revolutionieren, die Qualität steigern, mehr Umsatz generieren und Sohner wieder überholen konnten? »Herr Stein, seien Sie mir nicht böse, aber wie stellen Sie sich das vor? Ich habe keine Ahnung von Umstrukturierungen und außerdem muss ich mein Tagesgeschäft erledigen, Kunden bei Laune halten, Lieferanten auf die Spur bringen und unsere Mitarbeiter motivieren, hundertzehn Prozent zu geben. Wann soll ich das denn noch machen? Und wie?«

»Sie erhalten Verstärkung für diese Zeit. Sie können selbst entscheiden, ob diese Sie in Ihrem normalen Aufgabenbereich oder bei der Entwicklung des Konzepts unterstützen soll. Und gerade, weil Sie keine Ahnung haben, will ich, dass sich meine Mitarbeiter Gedanken machen und etwas wirklich Neues entwickeln. Sie sind die Leiter unserer Standorte und niemand ist besser qualifiziert, um das richtige Konzept für die MaschBa zu erarbeiten. Glauben Sie denn, ein externer Berater kennt dieses Unternehmen?«

»Er kennt nicht dieses Unternehmen, aber dafür andere und kann deshalb besser vergleichen. Ich denke ja nicht an eine der großen Beratungen, die immer gleich mit einem Schulbus an Beratern mit Standardkonzepten vorfahren. Aber vielleicht gibt es Berater, die selbst einmal im Management waren und auf eigene Erfahrungen zurückgreifen können. Oder vielleicht Wissenschaftler. Die forschen doch im Bereich innovativer Konzepte und

Methoden, warum sollen wir das Rad denn zweimal er-
finden? Meinen Sie nicht?«

»Wenn keiner von Ihnen ein erfolgversprechendes
Konzept vorlegen kann, beauftrage ich einen Externen,
aber vorerst will ich es auf diese Weise versuchen. Ab
morgen fahre ich zu den anderen Standorten und spre-
che mit Ihren Kollegen Becker, Richter, Liebig und
Kühl.«

»Gut, ich werde mich bemühen und mir Gedanken
dazu machen. Gibt es noch etwas, was Sie mir dazu genauer erläutern wollen?«, fragte ich ihn in der Hoffnung, dieses unangenehme Gespräch beenden zu können.

»Ich habe eine Art Merkblatt zusammengestellt, auf
dem die wichtigsten Punkte, die verändert und verbes-
sert werden sollen, stehen.«

Ich nickte nur. Der Sambuca in meinem Magen hatte
sich von dem üblen Gefühl zu einem wohlig wärmenden
gewandelt.

»Gut, Schneid, das war's dann auch fürs Erste. Wenn
Sie noch Fragen haben, zögern Sie nicht. Das Merkblatt
finden Sie in Ihrem netzinternen Ordner unter dem Namen 'Geheim'.«

»Sehr kreativ«, dachte ich, sagte aber nichts.

Er goss sich noch einen Schnaps ein und schaute
mich fragend an. Ich schüttelte entschieden den Kopf,
um nicht noch einen trinken zu müssen. Er zuckte mit
den Schultern und packte die Flasche wieder in den
Schrank. Ich stand auf und war bereits auf dem Weg zurück, als er mir hinterherrief:

»Ach so, Schneid, wer das beste Konzept abliefert, wird mein Nachfolger und erhält nach erfolgreicher Umsetzung zwanzig Prozent der Firmenanteile.«

3

Auf dem Weg nach Hause schossen mir tausend Gedanken durch den Kopf. Das war also das Zusatzpersonal von dem Stein sprach? Sabine würde mir sicherlich keine große Hilfe sein. Nachdem ich aber gehört hatte, dass Stein uns als Nachfolger bei erfolgreicher Präsentation und Umsetzung einsetzen würde, wurde die Entwicklung des Konzepts doch entscheidend interessanter für mich. Obwohl ich eigentlich so schon zu viel Arbeit hatte. Ich wollte nicht auch mit vierundfünfzig einen Herzinfarkt bekommen. Vielleicht würde ich das nicht so gut verkraften wie Stein. Trotzdem war es immer mein Ziel gewesen, in seine Fußstapfen zu treten.

Es brannte Licht in der Küche und ich konnte meine Frau Mirjam durch das Fenster sehen. So wie es aussah, bereitete sie das Essen zu. Auch meine pubertierende Tochter Jana war in der Küche. Sie befand sich im Moment auf einem Gothic Trip. Die schwarzen Klamotten hätte ich ja noch ertragen, aber als sie sich ohne unsere Einwilligung eine Seite ihres Kopfes rasierte, schließlich sei ein Undercut ja total angesagt, wie sie uns danach dringlich erläuterte, war das eindeutig zu viel für mich. Das war jetzt ungefähr einen Monat her, aber seitdem herrschte Funkstille zwischen uns. Ich parkte meinen SUV und betrat unser Haus. Die beiden lachten. Als ich in die Küche kam, um sie zu begrüßen, verstummte das Treiben abrupt und Janas Miene verfinsterte sich. Mirjam begrüßte mich hingegen herzlich.

»Hallo Schatz, das Essen ist gleich fertig.«

Es gab gefüllte und überbackene Zucchini. Meine Frau überraschte mich immer wieder. Obwohl ich kein besonderer Freund von Gemüse und Salat war, zauberte sie dennoch immer wieder vegetarische und gesunde Gerichte, die mir wirklich schmeckten. Sie kümmerte sich sehr um mein körperliches Wohl. Sie tat mir gut. Sie nahm mir den Alltagsstress und sorgte für eine gewisse Balance. Vielleicht lag es daran, dass Mirjam schon immer sehr spirituell war. Sie glaubte daran, dass ein gesunder Geist sich nur in einem gesunden Körper entfalten konnte, der wiederum von einer glücklichen Seele bewohnt wurde, sowie andersherum. Der Mensch ist Dreiklang aus Körper, Geist und Seele, pflegte sie immer zu sagen. Sie glaubte felsenfest an psychosomatische Zusammenhänge, wenn bei mir oder irgendjemand anderem etwas zwickte. Um möglichen Wehwehchen vorzubeugen und um ihre Achtsamkeit zu trainieren, machte sie seit Jahren schon Yoga. Lange bevor es ein Massentrend wurde. Irgendwann sagte sie mir einmal, dass alle Menschen Yoga machten, denn Yoga habe die fünf Säulen Bewegung, Atmung, Ernährung, Meditation und Entspannung. Und schließlich würde sich ja jeder bewegen, würde jeder atmen, essen, denken und sich auch mal entspannen - die Frage sei nur, wie förderlich es jeder tat. Förderlich für sich, seinen Körper, seinen Geist und seine Seele und wie förderlich für die Gesellschaft, für die Umwelt, die Tiere, die Natur, das Miteinander, ja die Zukunft des gesamten Planeten. Ich bewunderte sie oft für ihre klare Haltung und Einstellung dem Leben gegenüber. Allerdings sagte ich ihr das nie. Warum, wusste ich auch nicht. Mirjam hatte auch einen sehr gesunden Menschenverstand. Mir fiel das ganz zu Beginn auf, als wir uns kennenlernten. Ich wollte ihr zuliebe ein paar Kilo abnehmen und versuchte verschiedene Diäten – ohne Erfolg bzw. immer mit dem Erfolg des berühmten Jojo-Effekts. Eines Tages sagte

Mirjam, dass ich mit dem Quatsch aufhören und erstmal logisch nachdenken sollte. Wenn ich mehr Kalorien zu mir nehme, als ich verbrauche, nehme ich zu, wenn ich mehr verbrauche, als ich esse, nehme ich ab. So einfach sei es. Ich sollte mich entweder mehr bewegen oder weniger Essen – 'FdH - Friss die Hälfte', sagte sie damals grinsend. Um das zu verstehen, brauchte man nicht studieren. Also meldete ich mich in einem Fitnessclub an und aß etwas weniger – mit Erfolg.

Wir waren nun seit sechzehn Jahren zusammen und seit zwölf Jahren verheiratet. Eigentlich kannten wir uns sehr gut und führten immer eine stabile Beziehung. Aber seit einigen Jahren herrschte nur noch der Alltag vor. Ich hatte oft das Gefühl, dass wir unsere Liebe ein Stück weit verloren hatten. Das war wahrscheinlich auch ein Grund, warum das mit Sabine überhaupt passieren konnte. Seitdem hatte sich alles für mich verändert. Ich fühlte mich schlecht und schuldig, war aber niemals in der Lage gewesen, Mirjam die Wahrheit zu sagen. Immer wieder hatte ich es versucht, aber die Angst davor, sie zu verlieren, Jana zu verlieren, das Haus, meinen Alltag, meinen Hafen, war einfach zu groß. Nach einigen Jahren hatte ich mich damit abgefunden, dass ich mit diesem Geheimnis leben musste und irgendwann dachte ich nicht mehr so oft daran. Es war vergangen und die Bedeutung wurde immer weniger.

Bis heute.

Was wäre, wenn alles wieder anfangen würde? Was, wenn Mirjam es doch noch erfahren würde? Meine Gedanken kreisten um diese Fragen, wie ein Geier über einem kranken Tier. Ich konnte meine Anspannung spüren, konnte spüren, wie sich mein Bauch zusammenzog, meine Atmung flacher wurde.

»Du bist so abwesend. Ist alles in Ordnung?«, fragte meine Frau, während sie das Geschirr vom Tisch räumte.

»Ja, ja. Es ist nur... das Konzept. Ich habe einfach immer noch keine Idee.«

Ich stand auf, um Mirjam zu helfen. Sie fasste mich an der Schulter. Auch wenn wir nur noch selten körperliche Nähe hatten, genoss ich ihre Berührungen. Sie fühlten sich immer vertraut und warm an. So, als wenn durch ihren Körper eine positive Energie fließen würde, die für einen kurzen Moment auf mich überspringt.

»Michael, mach dich doch nicht verrückt. Du bist doch ein helles Köpfchen, dir wird schon noch etwas einfallen. Lass den Druck nicht zu groß werden. Und was ist das Schlimmste, das passieren kann? Dass dir nichts einfällt. Und selbst dann wird sich ein neuer Weg auftun. Vertraue! Ich habe dir doch kürzlich das Video 'No fear in now' von Sadhguru im Internet gezeigt, erinnerst du dich? Und du weißt, dass ich eigentlich nichts von Gurus halte, denn ein guter Guru ist nur dazu da, seinen Schülern beizubringen, dass sie keinen Guru brauchen. Das hat schon Buddha immer gesagt. »

Mirjam schmunzelte.

»Nun, in dem Video erzählt Sadhguru, dass es im 'Hier und Jetzt' keine Angst gibt. Angst sei nur ein Hirngespinst unserer Gedanken, denn sie bezieht sich immer auf etwas, was noch gar nicht existiert, nämlich auf die Zukunft. Und bis dahin kann sich noch so viel ändern. Außerdem bringt uns Angst nicht weiter, Angst hilft uns nicht, sie beschert uns nur unnötig graue Haare. Erinnerst du dich?«

Ich dachte an meine grauen Schläfen und wie oft ich mir tatsächlich schon unnötig Sorgen gemacht hatte. Wie oft hatten sich meine Probleme in Rauch aufgelöst oder es kam plötzlich eine Lösung ums Eck, mit der ich nie gerechnet hätte. Mirjam hatte mal wieder Recht. Und dennoch grummelte es in mir.

»Ja, aber wie stehe ich denn dann vor meinen Kollegen da? Erst werde ich viermal in Folge zum Standort-Leiter des Jahres gewählt und dann bin ich nicht mal in der Lage, ein neues Konzept vorzuweisen.«

»Du hast doch noch Zeit. Wieso fährst du nicht ein paar Tage zum Haus deiner Mutter? Da hast du die Zeit und die Ruhe, um dich auf das Konzept zu konzentrieren. Außerdem würde dir die Nordsee-Luft guttun. Du magst doch das Wasser.«

Für einen Moment zog ich diese Idee tatsächlich in Betracht. Ich liebte das kleine norddeutsche Häuschen in Burg. Es war nicht weit von der Küste entfernt und bot mir und meiner Familie immer die Möglichkeit für einen Kurzurlaub. Meine Mutter vererbte es mir vor zehn Jahren.

»Nein. Das geht absolut nicht«, antwortete ich, als wäre ihre Idee total absurd. »Ich habe hier auch noch andere Dinge zu tun. Schließlich bin ich ja nicht freigestellt.«

Manchmal wusste ich selber nicht, wieso ich oft so harsch zu ihr war. Ich wusste, dass sie es immer nur gut mit mir, ja, mit jedem meinte. Vielleicht war auch genau das mein Problem. Sie war einfach zu gut. In allem, was sie tat war sie so sicher, so ehrlich und so achtsam, und dabei völlig unbeschwert und voller Vertrauen. Es schien, als habe sie für alles und jeden die passende Lösung. Und aus irgendeinem Grund nervte mich das. Wahrscheinlich, weil ich selbst nicht so war.

»Solltet ihr nicht Unterstützung bekommen?«, fragte sie und brachte für einen Moment dieses ungute Gefühl, welches mich schon den ganzen Tag quälte, zurück.

»Ja, eigentlich schon. Ich weiß auch nicht, wann sie kommen«, log ich, um nicht über Sabine sprechen zu müssen.

Auch wenn es für sie belanglos gewesen wäre, so war ich noch nicht in der Verfassung darüber zu sprechen. Ich hätte nicht einmal ihren Namen erwähnen können, ohne dass man mir angemerkt hätte, dass da was nicht stimmte.

Mirjam würde diesen Namen bald nur allzu gut kennen.

4

Nachts lag ich wach. Ich betrachtete Mirjam lange. Ihre ruhige Atmung und das Heben und Senken ihrer Brust wirkte harmonisch. Sie sah friedlich aus. Selbst im Schlaf hatte sie dieses zufriedene Lächeln auf den Lippen. Eine ihrer rotblonden Locken hing über ihre Wange. Sanft strich ich sie zur Seite. Es schien sie in keiner Weise zu stören. Nein, sie musste nichts beunruhigen, sie hatte sicher kein schlechtes Gewissen. Sie war mit sich selbst im Reinen, so wie immer. Und somit, so wie immer, auch das komplette Gegenteil von mir. Ich fühlte mich wie ein Wrack neben ihr. Ich hatte einen steilen Berg zu erklimmen, an dessen Spitze mich mein Chef und meine Kollegen mit einem sensationellen Konzept erwarteten. Aber der Weg bis zum Gipfel des Berges erschien mir unmöglich. Ohne Wasser und ohne Schuhe, mit dem kreisenden Geier über meinem Kopf, der jeden Moment drohte, auf mich hinabzustürzen und mir die Augen auszukratzen. Warum hatte sie sich in meine Abteilung versetzen lassen?

Ich sah auf die Uhr: 01:24. Wenn ich jetzt schlafen würde, hätte ich noch knapp fünf Stunden Schlaf, das wäre noch ausreichend. Ich drehte mich auf die andere Seite und starrte an die Wand. Im Licht des Mondscheins, welches durch das Fenster drang und alles in eine unwirkliche Atmosphäre tauchte, fiel mein Blick auf die Chaplin-Sammlung im Regal. Ich liebte sie und konnte es nie übers Herz bringen, diese alten VHS-Kassetten wegzuwerfen. Ich hatte auch noch einen funktionstüchtigen VHS-Rekorder, der irgendwo verstaubt auf dem Dachboden stehen musste. Schon lange wollte ich mal wieder 'Der große Diktator' ansehen, hatte aber nie Zeit dafür gefunden. Für einen Moment überlegte ich mir, aufzustehen und den Videorekorder zu suchen, um mir den Film anzuschauen, aber ich wollte auch nicht völlig übermüdet bei der Arbeit erscheinen. Wenn ich morgen den ersten Arbeitstag zusammen mit meiner Ex-Geliebten überstehen musste, dann wenigstens einigermaßen ausgeruht. Ich presste meine Augen zusammen. Und schon war der Geier wieder da. Er hatte ein blaues Kostüm an und lachte mich aus.

Ich hielt das nicht aus, schlug die Bettdecke zur Seite und verließ das Schlafzimmer. Kaum auf dem Dachboden angekommen, verfluchte ich meinen Plan. Jetzt war ich endgültig hellwach, meine Füße waren eiskalt und der staubige Boden machte das alles nicht angenehmer. Ich durchwühlte einige Kartons und, noch bevor ich den Videorekorder fand, entdeckte ich ein Heftchen das eindeutig Mirjam zu gehören schien. Es trug die Aufschrift 'Weise Sprüche für jede Lebenssituation'. Ich musste zwangsläufig grinsen und schüttelte den Kopf. Welche Sprüche, die sie so gerne um sich warf, würden wohl in diesem kostbaren Schatz aufzufinden sein? Ich beschloss, es mit hinunterzunehmen.

Nach einer gefühlten Stunde hatte ich es dann geschafft, den Rekorder an unseren nagelneuen, ultramodernen, übergroßen Fernseher anzuschließen. Als ich ihn vor einem halben Jahr liefern ließ, hatte ich einen meiner größten Streits mit Mirjam, die den Fernseher nur ungefähr viermal im Jahr benutzte. Sie fand es äußerst bedenklich, die eigene Freizeit damit zu verbringen, anderen bei ihrer Freizeit zuzusehen oder ein fiktives Leben zu betrachten, anstatt sein eigenes Leben zu leben. Auch Nachrichten interessierten sie nicht sonderlich, da sie, wie sie immer sagte, ja nachgerichtet und nahezu ausschließlich negativ seien. Wozu auch? Zum Mitreden? Nein, das war nicht ihre Welt. Sie war mehr interessiert an Dingen, die ihr und unser Leben bereicherten, die der eigenen Entwicklung dienten, die freudvoll waren. Für sie kamen deshalb allenthalben Dokumentationen in Frage. Streitereien über das Fernsehen und die Fernsehgröße hatten wir seit Anbeginn unserer Beziehung. Bisher hatte ich mich allerdings durchsetzen können, wenn ich von ihr auch jedes Mal tagelang mit Nichtbeachtung bestraft wurde.

Charlie Chaplin durfte nun aber noch einmal über den HD-Bildschirm flimmern und seine unverkennbare Stimme rief alte Erinnerungen wach, die die bösen Gedanken für eine Weile vertreiben konnten. Es war mittlerweile schon kurz vor drei Uhr. So schön und eigenartig dieser Moment auch war, so melancholisch war er auch. Es musste um die fünfzehn Jahre her sein, als ich das letzte Mal diesen Film sah. Er erinnerte mich an die Zeit damals und irgendwie wünschte ich mich für einen Moment zurück. Was hätte ich alles anders machen können? Es war die Zeit, in der meine Frau schwanger war. Wir waren erst ganz frisch zusammen, schwer verliebt und alles war neu. Alles war noch möglich.

Ich kuschelte mich tiefer in meine Decke. Unseren alten Sessel, in dem ich es mir bequem gemacht hatte, mochte ich sehr.

Die Angst, alles zu verlieren, was man sich so hart erarbeitet hatte, drückte immer noch auf meinen Magen. Ich wusste, dass irgendetwas passieren würde. Etwas würde sich verändern, das wurde mir klar. Ich konnte es deutlich spüren.

Ich fragte mich, ob Chaplin auch solche Gefühle gekannt hatte. Ob er auch Fehler begangen hatte, die er zutiefst bereute. Es war nach wie vor unerreicht, wie Charlie Chaplin seine Schlussrede in dem Film hielt - mutig, inhaltlich auf den Punkt und emotional bewegend:

> *Wir haben die Geschwindigkeit entwickelt, aber innerlich sind wir stehen geblieben. Wir lassen Maschinen für uns Menschen arbeiten und sie denken auch für uns. Die Klugheit hat uns hochmütig werden lassen und unser Wissen kalt und hart. Wir sprechen zu viel und fühlen zu wenig.*

Mir wurde bewusst, dass die Rede über siebzig Jahre alt war und trotzdem an Aktualität nichts verloren hatte. Das berührte mich tief - doch im Moment fühlte ich zu viel, um damit klarzukommen. Die Rede von Chaplin faszinierte mich immer wieder. Egal, wie oft ich diesen Film sah, ich wartete mit Sehnsucht auf diese Stelle und war immer wieder bewegt von seinem Plädoyer für Menschlichkeit, für mehr Miteinander und dem respektvollen Umgang mit den Tieren und der Natur. Das war immer noch ein unerreichtes Ideal. Plötzlich wurde mir klar, dass sich derzeit zunehmend mehr Unternehmen mit diesen Themen befassten – mit sozialer, ökologischer, ökonomischer Nachhaltigkeit oder 'People, Planet, Profit', wie es im Englischen kurz und prägnant genannt wurde. Und mir wurde auch klar, dass Unternehmen; die sich damit ernsthaft befassten, erfolgreicher waren als andere. Ich plante es, in meinem Konzept zu berücksichtigen. Es fühlte sich wie ein passendes Mosaiksteinchen an, gleichwohl ich noch überhaupt keine Ahnung hatte, wie das gesamte Bild meines Konzepts aussehen sollte.

Mein Blick fiel auf Mirjams Sprüche-Heftchen. Ich schlug es auf.

Die Definition von Wahnsinn ist, immer wieder das Gleiche zu tun und andere Ergebnisse zu erwarten.
Albert Einstein.

Gleich der erste eingetragene Spruch überraschte mich. Ich hatte ihn noch nie gehört. Er erschien mir einleuchtend und ich überlegte, wie ich so durchs Leben ging und wie ich arbeitete. Wo war ich bereit, meine Grenzen zu überschreiten und neue Wege zu gehen? Wo setzte ich mich für meine Werte wirklich ein? Wie sehr änderte ich tatsächlich mein Handeln? War ich bequem geworden und hatte mir alles nur erträglich eingerichtet, anstatt das, was mir wichtig war, wirklich zu leben? Wie nah war ich dem Wahnsinn? Versuchte ich denn etwas Neues, in der Hoffnung eine Sache zu verbessern oder zu verändern? Eigentlich nicht.

Der zweite Spruch hingegen kam mir nur allzu bekannt vor:

Mens sana in corpore sano - ein gesunder Geist in einem gesunden Körper.
Römischer Dichter Juvenal.

Ja, diesen Spruch kannte ich. Allerdings wusste ich nicht, dass er so alt war. Ich dachte immer, er käme von einer neumodischen Spiritistin oder von Mirjam gar selbst.

Ich blätterte noch ein bisschen in dem Heft, bis mir die Augen zufielen. Der Sessel war nicht sonderlich bequem, aber ich war froh, überhaupt schlafen zu können.

Für das, was alles am nächsten Tag passieren würde, hätte ich wahrlich die Energie von einer Woche Schlaf gebraucht.

5

»Michael. Hey... wach auf!«

Mirjam rüttelte mich sanft und ich öffnete langsam meine Augen. Ein stechender Schmerz schoss in meinem Rücken, als ich versuchte mich aufzurichten.

»Ahhhh...«

»Musst du nicht zur Arbeit?«, fragte mich Mirjam und sah mich verwundert an.

»Wie spät ist es denn?«, fragte ich, immer noch im Halbschlaf.

»Viertel vor Neun.«

Plötzlich war ich hellwach. Viertel vor Neun? Das durfte nicht wahr sein. Ich sollte eigentlich seit fünfundvierzig Minuten in meinem Büro sitzen. Wie von einer Tarantel gestochen sprang ich auf, doch dieser verfluchte Schmerz fuhr in meinen Rücken.

»Ahhhh... Scheiße!«, schrie ich und lief in Schieflage Richtung Badezimmer.

Ich fing an, mein Programm durchzuziehen. Mirjam stand in der Tür.

»Schatz, wieso hast du denn im Sessel geschlafen? Hättest du dich nicht wenigstens auf die Couch legen können?«, fragte Mirjam und kam auf mich zu.

»Ja, aber ich konnte nicht schlafen...«, erwiderte ich.

Mirjam legte ihre Hände auf meinen Rücken und versuchte die Verspannung zu lösen. Es schmerzte, aber es tat gleichzeitig auch unheimlich gut. Ich versuchte, mich nebenbei zu rasieren.

»Schatz, du musst mal wieder zu Ruhe kommen, dich entspannen und fallen lassen. Du kennst doch die

Geschichte, in der die Seele zum Körper sagt: 'auf mich hört er nicht', woraufhin der Körper zur Seele sagt: 'ok, dann werde ich mal krank, dann hat er Zeit für dich'. Bedrückt dich etwas?«

Wieder so eine Weisheit von Mirjam. Aber irgendetwas in mir sagte, dass sie Recht hatte. Leider. Mirjams Hände wanderten meinen Rücken entlang. Sie streichelte mich und küsste meinen Rücken. Was sollte das?

»Mirjam, ich hab jetzt keine Zeit... das ist unheimlich lieb von dir, aber...«, nuschelte ich durch meinen Schaumbart hindurch.

»Ist schon in Ordnung. Geh doch heute mal in die Sauna oder zur Massage, dann wird es bestimmt besser.«

Mit diesen Worten verließ Mirjam das Badezimmer. Ich machte mich fertig und eilte davon.

An meinem Schreibtisch angekommen, schaltete ich den Rechner ein und versuchte so zu tun, als wäre ich mitten in meiner Arbeit. Ich breitete Blätter und verschiedene Memos auf dem Tisch aus, so dass man denken könnte, ich säße schon den ganzen Morgen an einer wichtigen Sache. Der Schmerz in meinem Rücken wurde immer schlimmer. Wahrscheinlich hatte ich mir einen Nerv eingeklemmt. Ich bemühte mich, ganz ruhig zu sitzen, aber selbst beim Atmen spürte ich das Stechen. Ich nahm eine von meinen Notfall-Schmerztabletten und machte mich an die Arbeit. Ich beantwortete gerade ein paar E-Mails, als mein Freund und Kollege Ben mein Büro betrat.

»Hey Michael, alles klar?«, fragte er und sah mich eindringlich an.

»Ja, ja alles ok... ich hab nur... äh... einen eingeklemmten Nerv oder so...«, sagte ich und versuchte
mich zu dehnen.

»Wieso bist du denn heute so spät gekommen? Hat
Mirjam dich mal wieder nicht aus dem Bett gelassen?«,
sagte er und grinste dabei süffisant.

»Ach, so ein Quatsch, du weißt doch, dass bei uns
gerade eher Ebbe als Flut herrscht... Ich bin auf dem
Sessel eingeschlafen und hatte keinen Wecker... dabei
hab ich mir auch diesen blöden Nerv...«

Ich konnte meinen Satz leider nicht beenden, denn
plötzlich war er da - der Geier.

»Guten Morgen Ben, Guten Morgen Michael. Wer
hat einen eingeklemmten Nerv?«, fragte Sabine und
schaute gut gelaunt zu uns beiden.

Sie hatte sich wieder in Schale geschmissen und verströmte weiterhin diesen unglückbringenden Todesduft.

»Michael hat sich einen Nerv eingeklemmt, weil er
die Nacht auf einem Sessel verbracht hat«, antwortete
Ben belustigt, ohne zu ahnen, welch zweifelhafte Bedeutung dieser Satz hatte.

Sabine schaute mit einem fragenden Stirnrunzeln
erst zu Ben, dann zu mir.

»Na, wenn du möchtest, kann ich versuchen, dir den
Schmerz wegzumassieren. Ich habe doch vor meiner
Laufbahn als Assistentin mal als Physiotherapeutin gearbeitet«, sagte das Teufelsweib und wollte sich schon
auf den Weg zu mir und meinem Nerv machen.

»Nein, nein, ist schon gut. Danke Sabine, ich gehe
später noch zu einer Behandlung und in die Sauna, dann
wird das schon.«

Ben schaute mich mit fragender Miene an. Er konnte wohl nicht verstehen, wie ich ein solch nettes und verlockendes Angebot ausschlagen konnte.

»Aber vielen Dank für das Angebot«, schob ich höflicherweise hinterher.

»Gut, wie du meinst.« Sie kehrte um und lief in Richtung Tür.

»Ich glaube, ich habe auch einen eingeklemmten Nerv«, sagte Ben und grinste Sabine dabei an.

»Netter Versuch, Ben«, sagte sie und drängelte sich an ihm vorbei.

»Michael, sag mir bitte Bescheid, wenn du mich brauchst. Bisher sammele ich Ideen für das neue Konzept und befasse mich etwas näher mit unseren Wettbewerbern.«

Sie sah mich dabei intensiv an. Ihre Augen sagten nicht das, was ihr Mund gerade geäußert hatte. Dieser Blick traf mich tiefer als der stechende Schmerz in meinem Rücken. Ich war wie gebannt. Alles erschien wie in Zeitlupe und ich konnte nicht verstehen, was sie mir mit diesem Blick sagen wollte. Nur eins war sicher: er verhieß nichts Gutes.

Sie verließ den Raum.

»Sag mal, bist du verrückt? Deine heiße neue Sekretärin will dich massieren und du sagst Nein? Was stimmt denn bitte nicht mit dir?«

Ben schüttelte den Kopf.

»Hast du Lust, nachher mit mir in den Fit-Club zu gehen? Ich will unbedingt noch in die Sauna.«

»Ja, warum nicht. Aber die Fahrerei nervt und ich finde da auch nie einen Parkplatz.«

»Wir können auch zusammenfahren, wenn du magst«, bot ich ihm an.

»Nee, lass mal. Ist schon gut. Dann treffen wir uns einfach dort so gegen 18:30 Uhr, ok?«

»Ja, dass müsste klappen, Ben. Dann bis später.«

Ben verließ mein Büro.

Ich hatte keine Konzentration und auch keine Energie, um ein innovatives Konzept zu entwickeln. So etwas ging doch gar nicht unter Druck. Ich wusste nicht einmal, warum wir es unbedingt brauchten. Unsere Zahlen waren doch nicht so schlecht, nur andere waren besser. Musste man denn immer Marktführer sein? Plötzlich merkte ich selber, was ich da für einen Quatsch zusammenreimte. Ich hatte einfach nur keine Idee und auch keine Idee, wie ich auf eine Idee kommen könnte. Ich öffnete den kleinen gelben Ordner auf dem 'Geheim' stand und sah mir noch mal die Hinweise an, die Stein zusammengefasst hatte.

Zu erreichende Ziele des Konzepts:
- Verbesserung der Marge auf deutlich über 5% im Anlagenbau
- Ausbau des Servicegeschäfts
- Zurück zum Marktführer innerhalb von 12 Monaten
- Stabilisierung mit 20% Umsatzsteigerung innerhalb von 24 Monaten
- Steigerung des Exportgeschäfts um 20% innerhalb von 12 Monaten
- Schaffung einer flexiblen und robusten Organisation

Vielleicht sollte ich mich mal mit dem Thema Unternehmensberatung befassen. Ein bis zwei schlaue Bücher lesen, damit ich nicht wie ein unwissender Anfänger vor den anderen dastehen würde. Wie stellte Stein sich das nur vor? Wahrscheinlich hatte er eben selbst keine Ahnung und überließ uns die ganze Arbeit. Das war einer der Vorteile, wenn man Chef war. Man konnte die schwierigen Aufgaben einfach weitergeben. Vielleicht sollte ich das auch mal versuchen. Allerdings wurde für meine Projektunterstützung ja extra Sabine beauftragt und mit ihr wollte ich so wenig Zeit wie möglich verbringen. Mir hatten die sechs Monate gereicht, in denen sie mich terrorisiert hatte

6

5 Jahre zuvor.

Das Licht in den Straßen sah immer so einladend und angenehm aus. Ich liebte es, wenn man das Gefühl hatte, die Stadt hieß einen willkommen. Die kalten Temperaturen wurden durch die warme Beleuchtung ausgeglichen.

Ich konnte den Glühwein schon von Weitem riechen. Das war jetzt genau das, was ich brauchte. Es war der 19. Dezember und ich kam gerade von einem riesigen Streit. Mirjam und ich befanden uns schon seit längerer Zeit in einer Krise. Ich ging einer Aussprache immer ganz bewusst aus dem Weg. Dieses Mal ging es eigentlich nur um eine Lappalie, wie meistens. Aber in den Sachen, die man sich im Streit sagt, steckt auch immer etwas Wahrheit. Manchmal fragte ich mich, ob ich den ganzen Stress wirklich nötig hätte. Ja, ich war nicht so gesundheitsbewusst wie sie, aber war ich deswegen gleich ein schlechterer Mensch? Ich arbeitete viel und verdiente gutes Geld. Jeder hatte doch nur ein Leben. Und jeder entschied für sich, wie er es gestalten wollte. Sie wollte mich ständig verändern und das hatte ich satt. Ja, ich wollte einen XXL-Fernseher und ja, verdammt, auch ab und zu ein Bier trinken... und manchmal ging ich nach der Arbeit lieber zum Sport als nach Hause. Ja, und manchmal tat ich auch nur so, um nicht nach Hause zu müssen. Ich musste hier im Job schon einhundert Prozent funktionieren. Und dann noch zu Hause einhundert Prozent und auch bei den Schwiegereltern und meinen Eltern und Freunden und und und. Immer sollte ich es allen recht machen. Wann durfte ich mal ich selbst sein? Einfach sein, ohne denken zu müssen, ohne perfekt sein zu müssen?

Der Glühweingeruch kam immer näher, verstärkte meinen Wunsch, mich zu betrinken, nur noch mehr. Kaum hatte ich einen der vielen Stände erreicht, sah ich auch schon meine Kollegen. Sie waren verteilt und hielten sich an ihren dampfenden Tassen fest. Ein angenehmer Geruch aus Wein, Zimt, Nelken und was sonst noch so in den Glühwein gepanscht wurde, lag in der Luft.

»Da bist du ja endlich, wo warst du denn so lange?«, fragte Simon, einer meiner Kollegen.

»Ja, tut mir leid. Ich wurde aufgehalten«, antwortete ich und legte einen Fünfer auf die Theke. Dann endlich bekam ich die Tasse voll mit meiner heißen, duftenden Erlösung. Ich nippte gierig und verbrannte mir sofort die Zungenspitze und den Gaumen.

»Schön, dass Sie es auch noch geschafft haben, Schneid!«

Mein Chef Friedrich Stein stand vor mir. Seine Wangen waren rot vor Kälte und er trug eine altmodische, gefütterte Holzfällermütze. Ich musste unweigerlich grinsen bei dem Anblick. Herr Stein bemerkte das und sagte, wie wenn ich eine Frage gestellt hätte:

»Das ist echtes Hasenfell, Schneid, dass wärmt besser als jedes Lamm, sag' ich Ihnen.«

Ich nickte und schlürfte an meinem immer noch zu heißen Glühwein.

»Gratuliere Ihnen übrigens noch einmal zum gelungenen Abschluss mit den Spaniern«, sagte er und klopfte mir väterlich auf die Schulter.

»Aus Ihnen wird noch mal was, Schneid.«

Dann sah er wohl plötzlich jemand anderen und winkte ihm. Er sah mich an, ich nickte und er ging auf die von ihm entdeckte Person zu. Es war Dr. Peter Kühl, Standort-Leiter »Nord« und seine Sekretärin Sabine Briest. 'Biest' wäre wohl ein treffenderer Nachname gewesen, aber das wusste ich in diesem Moment noch nicht. Ich nahm wieder einen Schluck und spürte, wie ein Fetzen Haut von meinem Gaumen hing. Sie sah umwerfend aus, in ihrem roten Mantel. Ihre dunklen Locken hingen über die Schultern. Für einen Moment streiften sich unsere Blicke und mein Magen zog sich wohlig zusammen. Meine Finger wurden, dank der heißen Tasse, wieder wärmer. Ich nahm erneut einen großen Schluck. Der Alkohol war jetzt genau das, was ich brauchte. Ich spürte langsam, wie er sich in meinem Körper ausbreitete. Erst die Wärme und dann ein angenehmes Gefühl.

Es war unsere große alljährliche Weihnachtsfeier. Alle Standorte trafen sich zuerst auf dem Frankfurter Weihnachtsmarkt, wo im wahrsten Sinne des Wortes 'vorgeglüht' wurde. Danach fand die eigentliche Feier statt. Es war wie die meisten Firmenweihnachtsfeiern. Erst wurde sich ausgetauscht, offizielle Verkündungen gemacht, Preise verliehen und natürlich gegessen, getrunken und geflirtet. Bisher hielt ich mich mit der Trinkerei immer zurück, da ich nicht wollte, dass ich mich im Suff vor meinem Chef und meinen Kollegen blamierte, aber heute war ich in bester Laune, dieses Gebot zu brechen.

Sie lächelte zu mir hinüber und hob die Hand, um mich zu grüßen. Ich winkte in ihre Richtung. Unweigerlich sah das auch Dr. Kühl, der sich angesprochen fühlte und mich ebenfalls grüßte. »Arrogantes Arschloch«, murmelte ich vor mich hin. Sabine Briest arbeitete schon eine Weile für ihn und ich hatte sie bei einem längeren Aufenthalt in der Hamburger Zweigstelle etwas kennen gelernt, da sie auch für mich einige Aufgaben übernommen hatte. Sie war immer sehr freundlich und zuverlässig gewesen. Und äußerst attraktiv. Ihr Chef Kühl hingegen war ein selbstgefälliges Arschloch, das sich über seine erworbenen Güter definierte. In seiner Welt existierte man nur, wenn man das richtige Auto fuhr, teure Hobbys ausübte, erlesene Weine trank und an exquisiten Orten seinen Urlaub verbrachte. Alles andere war für ihn indiskutabel. Ein Großkotz hoch fünf eben.

Ich legte noch einen Fünfer auf die Theke und bestellte mir die verschärfte Variante mit Rum. Rückblickend hätte ich es dabei belassen sollen

7

»Kommst du?«

Ben riss mich aus meinen Gedanken. Ich war wohl vor meinem Bildschirm so in der Vergangenheit versunken, dass ich die Zeit total vergessen hatte.

»Es ist schon 17:30 Uhr, wenn wir noch einen halbwegs guten Parkplatz finden wollen, sollten wir jetzt wirklich losfahren«, sagte Ben, der bereits seine Sporttasche über der Schulter hängen hatte.

Ich nickte, suchte meine Sachen zusammen, fuhr den PC herunter. Gearbeitet hatte ich heute eigentlich so gut wie gar nichts. Ich hatte immer noch keine Ahnung, wie ich das alles bewältigen sollte. Ben und ich fuhren hintereinander zum Fit City Club. Der FCC befand sich mitten in der Stadt und um diese Uhrzeit gingen natürlich die meisten Berufstätigen in den Club. Das brachte nicht nur überfüllte Parkplätze, sondern auch eine Schlange an den Fitness-Geräten mit sich. Man musste schon einen starken Willen haben, um unter diesen Bedingungen regelmäßig Sport zu machen und etwas für seinen Körper zu tun. Leider gab es nicht viele Alternativen, also versuchten wir, uns so oft wie möglich gegenseitig zu motivieren.

Heute war ich dankbar für die Ablenkung, selbst wenn ich mehr hinter irgendwelchen verschwitzen Muskelmänner in Achselshirts stehen sollte, als selbst ins Schwitzen zu kommen. Am meisten liebte ich sowieso den Saunabesuch nach dem Fitnessprogramm. Für mich war das die pure Entspannung.

Als Ben und ich den Club betraten sahen wir schon, dass heute wieder ein Tag werden würde, an dem wir, trotz bester Vorsätze, wohl nicht viel trainieren konnten. Die Blockade in meinem Rücken hielt jedoch immer noch an, sodass ich entschloss, nur eine Massage zu nehmen und danach noch in die Sauna zu gehen. Genau wie es Mirjam vorgeschlagen hatte.

Ben, der immer darauf bedacht war, einen perfekt gestylten Body zu haben, stellte sich brav an, um an den Crosstrainer zu kommen. In der Zwischenzeit bekam ich meine Massage. Während der Massage versuchte ich, an nichts zu denken. Es fiel mir zwar nicht ganz leicht, aber ich konnte mich dennoch gut entspannen. Ich atmete immer bewusst zum Schmerz und nach und nach wurde er weniger.

Als ich fertig war, ging ich in Richtung Sauna. Ben winkte mir von einer Schlange aus zu. Er stand gerade an dem Butterfly-Gerät an. Mich wunderte, dass er immer noch gut gelaunt schien. Er war als nächster dran und, wenn ich mich recht erinnerte, war der Butterfly immer sein vorletztes Gerät. Ich gab ihm ein Zeichen, dass ich schon mal zur Sauna gehen würde. Ich legte meine Sachen in den Spint, zog mich aus und lief zur Sauna. Es gab in diesem Club zwei Saunen. Eine Gemischte und eine nur für Frauen. Warum es keine nur für Männer gab, war mir nicht klar. In der Sauna saß bereits ein älterer Mann. Ich öffnete die Tür und setze mich ihm gegenüber. Er schwitzte bereits sehr. Ich ließ meinen Kopf hängen und versuchte wieder bewusst in meine Verspannung zu atmen. Der Schmerz war noch da, aber deutlich weniger geworden.

»Ist's okay, wenn ich einen Aufguss mache?«, fragte mich der Mann und hatte die Kelle schon in der Hand.

Ich nickte. Weißer Dampf stieg auf und verströmte einen starken Eukalyptus-Duft. Er brannte in meiner

Nase und in meinen Augen. Der Mann hatte es wohl etwas zu gut gemeint und ein paar Tropfen zu viel in das Wasser hineingeträufelt. Die Hitze flog in einer Wolke aus Eukalyptus zu mir und brannte auf meiner Haut. Ich musste zwangsläufig die Augen zusammenkneifen, um dieser Wucht nicht vollends ausgeliefert zu sein.

Gleichzeitig fröstelte ich. Eine paradoxe Reaktion des Körpers, erklärte mir mal ein Heilpraktiker, den ich während eines Wellness-Urlaubs mit Mirjam kennenlernte. Seltsames Gefühl. Dies könnte beispielsweise auch bei Einnahme von Schlafmitteln entstehen, erklärte er damals. Dieser Heilpraktiker war es auch, der sich bei einem Aufguss, den er machte, selbst im Dampf etwas verbrannte und, anstatt meiner Empfehlung, schnell kaltes Wasser darüber laufen zu lassen, lächelte und seinen Arm über den Ofen hielt. Auf meine Frage, was er da tue, sagte er:

»Mein Freund, durch kaltes Wasser ziehen sich die Poren und Zellen zusammen und die körpereigenen Heilstoffe können die betroffenen Zellen nicht erreichen. Die zusätzliche Wärme hingegen öffnet das Gewebe und die Abwehrstoffe werden in ihrem Dienst unterstützt.«

Das klang für mich irgendwie logisch und zeigte mal wieder, dass es immer andere Sichtweisen, Erfahrungen und Wege gab. Ich musste schmunzeln, während ich an dieses Erlebnis dachte.

Die Saunatür wurde geöffnet. Ich versuchte zu schauen, ob es Ben war, aber die Dämpfe brannten zu sehr, ich konnte die Augen nicht öffnen. Ich wartete, bis sich die Intensität des Aufgusses verflüchtigte. Meine Nasenschleimhäute brannten wie verrückt. Die Tür öffnete sich erneut und ein guter Schwall Hitze konnte entfliehen. Es war Ben, der die Sauna betrat. Ich schaute auf die anderen Bänke, um zu sehen, wer die andere Person war.

Rechts in der Ecke lag eine Frau.

Nicht irgendeine Frau.

Es war Sabine.

Sie hatte ihren makellosen Körper ausgestreckt und hielt die Augen geschlossen. Ich merkte, wie meine Beine sich zusammenschlossen und so versuchten, meinen Schoß zu verdecken.

Träumte ich jetzt? War es wirklich der Geier? Ich schaute sie genauer an. Ben setzte sich neben mich. Er atmete tief ein.

»Habt ihr schon einen Aufguss gemacht, ja? Wie lange bist du denn schon hier?«

Ich sah ihn an. Ich wollte ihm nicht antworten. Ich wollte mich so schnell wie möglich aus dem Staub machen. Ich deutete in Sabines Richtung. Ben sah zu ihr. Er sah mich an und signalisierte mir, indem er seinen Daumen hochhielt, dass ihm die Frau gefiel. Er erkannte sie nicht.

Ich kannte diesen sensationellen Körper nur zu gut.

Der alte Mann stand auf und verließ die Sauna. Ben fing an zu reden.

»Wir sollten uns echt mal nach einem anderen Club umsehen, was meinst du? Diese ständige Ansteherei und alles, das nervt doch.«

Plötzlich erklang Sabines Stimme aus der Ecke.

»In der Rosenbaumstraße, nahe unserer Filiale gibt es doch auch ein Fitness Studio, oder?« Dies sagte das Biest, als wenn es völlig natürlich wäre, seine Kollegen nackt in der Sauna zu treffen. Ben sah einen Moment total verdutzt aus, weil er nun erst erkannte, wer die Frau wirklich war. Ich schloss die Augen und versuchte, mir einen Fluchtplan auszudenken.

War dieser Tag denn nicht wirklich nervig genug gewesen?

Der eingeklemmte Nerv stach wieder zu.

Ben schüttelte den Kopf.

»Den haben wir bereits ausprobiert. Der ist nichts. Keine Saunen und es ist auch alles eher heruntergekommen.«

Ich beschloss die Flucht, nahm mein Handtuch und wickelte es schnell um die Hüfte.

»Ben, wir treffen uns draußen, ok?«

Ich ging Richtung Tür.

»Ach, Michael...«

Sabine richtete sich ungehemmt auf.

»...könnten wir morgen noch mal genauer über das Konzept sprechen? Stein hat mich heute schon gefragt, wie wir vorankommen und ich konnte ihm nichts darauf antworten.«

Ich blickte kurz zu ihr. Sie verrieb sich den Schweiß auf der Haut. Sie fuhr mit ihren Händen über ihre Oberschenkel und ihren Bauch und schaute mich völlig unschuldig an. Wütend, aber gespielt desinteressiert und gelassen schaute ich konsequent in ihr Gesicht.

»Klar.«

Bewusst locker drehte ich mich wieder in Richtung Tür.

»Warte, Michael, ich komm mit. Mir wird das auch zu heiß.«

Sabine stand auf.

Ich hatte keinen Grund, zu warten und verließ die Sauna. Ich schloss die Tür, die sofort hinter mir wieder aufging. Ich versuchte, schnurstracks in Richtung Männerumkleide zu gehen, als sie mich plötzlich am Arm festhielt.

»Warum ignorierst du mich so, Michael?«

Sabine sah mich leicht wütend an.

»Fragst du mich das jetzt im Ernst? Nach allem, was war?«

»Es tut mir leid, dass das damals so ausgeartet ist, aber du hast mich sehr verletzt. Jetzt bin ich jedoch darüber hinweg und möchte, dass wir ein normales Arbeitsverhältnis führen können. Vielleicht sogar eine Art Freundschaft.«

Sie lächelte versöhnlich. Ihre Hand hielt noch immer meinen Arm fest.

Weit und breit war niemand zu sehen. Ihr Gesicht war höchstens zwei Handbreit von meinem entfernt. Auf ihrer Oberlippe standen Schweißperlen.

»Sabine, ich möchte das auch, aber allein diese Situation jetzt ist schon wieder dermaßen absurd... ich ertrage das einfach nicht.«

Ich machte eine Pause. Dann fragte ich sie einfach.

»Hast du dich mit Absicht in meine Abteilung versetzen lassen?«

Sie sah mich an.

»Es hat sich so ergeben, Michael. Ich habe nicht 'Nein' gesagt. Aber ich dachte, nach all den Jahren könnten wir wieder normal miteinander umgehen.«

Ben kam aus der Sauna und ich beschloss, diese merkwürdige Situation sofort zu lösen, bevor es irgendwelche Verdächtigungen geben könnte.

»Ok, Sabine. Lass uns morgen noch mal darüber sprechen, ok? Ich muss jetzt los.«

Ich ließ sie stehen und ging in die Männerumkleide.

Ben kam kurz nach mir rein. Er klopfte mir breit grinsend auf die Schulter.

»Alter, was war das denn gerade? Ich glaube, die steht auf dich. Die ist echt krass, oder?«

Ich strafte ihn mit Nichtachtung und suchte meine Sachen zum Duschen zusammen.

Ben hörte mit diesem Thema nicht auf, bis wir uns verabschiedeten. Ich konnte ihm so oft ich wollte sagen, dass da nichts ist, war und auch niemals etwas sein würde. Er glaubte mir nicht. Und damit hatte er – zumindest auf den Bezug zur Vergangenheit - ja auch Recht. Als ich in meinem Auto saß, dachte ich über Sabines Worte nach.

Konnte sie es wirklich ernst meinen? Wollte sie wirklich ein normales Verhältnis? Nein. Niemals.

Allein, dass sie heute in der Sauna auftauchte, war schon wieder ein sehr unrealistischer Zufall. Warum geht sie auch überhaupt in die gemischte Sauna? Musste das wirklich sein?

Als ich das Auto in unsere Einfahrt lenkte, stach mein Nerv erneut zu.

Wann ist dieser scheiß Tag endlich rum? Es war wirklich ein Tag, der nicht hätte schlimmer werden können.

Doch er konnte.

8

Als ich zur Haustüre hereinkam, stürmte Mirjam auf mich zu. Sie weinte. Sie nahm mich in den Arm und hielt mich fest.

»Was ist denn los, Schatz?«

Als sie mich ansah, wusste ich, dass es etwas Schlimmes sein musste.

»Jana... sie hat doch schon länger diese Anfälle... wir haben heute die Diagnose erhalten... sie hat Multiple Sklerose.«

Mirjam begann wieder zu weinen.

»Was... wie... seit wann wisst ihr...?«

Ich fand keine Worte. Es zog mir regelrecht den Boden unter den Füßen weg. Meine Knie fühlten sich an wie schmelzendes Kerzenwachs.

Meine Jana hat Multiple Sklerose?

Ich fühlte mich von einem Moment auf den anderen dermaßen schlecht, dass ich die Befürchtung hatte, mich übergeben zu müssen. Plötzlich waren ihre abrasierten Haare oder irgendwelche Piercings vollkommen unwichtig. Ich wollte nur bei ihr sein.

»Wo ist sie?«

Ich spürte, wie mir Tränen in die Augen schossen.

»Ich habe sie zu meiner Mutter gebracht, ich wollte das mit dir in Ruhe besprechen.«

Sie ging mit mir in die Küche.

Mirjam erzählte mir, dass Jana schon lange diese Beschwerden hatte, dass sie schon viele Tests gemacht hatten und sie heute nun endlich eine Diagnose bekommen hatten. Während meine Frau mir das alles erzählte, fühlte ich mich, als wenn ich nichts damit zu tun hätte. Erst jetzt wurde mir klar, wie schnell und wie weit Jana und ich uns entfernt hatten. Ich wusste gar nichts. Noch nicht einmal ihre Krankheit war mir wirklich aufgefallen. Ich dachte immer, das wäre eine pubertätsbedingte Überbewertung von Wehwehchen.

Ich war ein schlechter Vater. Ich war ein schlechter Ehemann. Ich war ein schlechter Mensch. Ich konnte nicht fassen, dass ich nichts bemerkt hatte.

Mirjam und ich sprachen noch bis tief in die Nacht und überlegten uns, wie wir es unserer Tochter am angenehmsten gestalten könnten, so dass sie mit ihrer Krankheit zurechtkommen konnte und was wir vielleicht dafür tun könnten.

Als wir nachts im Bett lagen, dachte ich viel nach. Wie sich innerhalb einer Woche, ja innerhalb von zwei Tagen, das Leben so sehr verändern konnte, war mir unbegreiflich. Auf einmal erschien alles so schwer und sinnlos. Warum musste meine Tochter so eine furchtbare Krankheit bekommen?

Wie sollte ich ihr helfen, damit klarzukommen, wenn ich es selber nicht konnte? Mirjam hatte mir zwar den Verlauf und die Symptome erklärt, aber viel über MS wusste ich trotzdem nicht.

Ich musste mich informieren und meiner Tochter beistehen, aber gleichzeitig hatte ich doch noch meinen eigenen Berg zu erklimmen.

Ein Gefühl von Resignation machte sich in mir breit. Ich atmete tief durch. Irgendwoher musste ich Energie bekommen. Viel Energie.

Erst nach langer Zeit konnte ich einschlafen.

Ich träumte von Jana, wie sie als Tanzlehrerin auf irgendeiner karibischen Insel arbeitete. Ihr Gesicht war ganz eingefallen und sie war furchtbar dünn. Sie hatte fast keine Gewebe zwischen Knochen und Haut. Ihr Skelett zeichnete sich komplett ab. Aber trotzdem sah sie in ihrem roten Tangokleid wunderschön aus. Alle jubelten ihr zu und sie strahlte. Sie war das schönste tanzende Skelett, das man sich vorstellen konnte.

9

Wir kamen im Ratskeller an und bestellten uns Rotwein. Ich saß bei meinen Kollegen Tim Müller und Marcel Estiban. Sabine Briest und ihr Chef saßen zwei Tische weiter. Ich hatte Blickkontakt mit ihr. Sie nippte verführerisch an ihrer Rosé-Schorle. Ich unterhielt mich mit meinen Tischnachbarn angeregt über irgendein erfolgreich abgeschlossenes Projekt, das wir damals gerade beendet hatten, doch mein Blick fiel immer wieder auf Sabine. Sie genoss das sichtlich und flirtete mit mir. Ab und zu prosteten wir uns im Geheimen zu und tranken gleichzeitig. Sie leckte über ihre Lippen.

Genau das war einer der Gründe, warum ich eigentlich nicht gerne auf Weihnachtsfeiern ging. Alle waren hemmungslos und auf der Suche nach Abenteuern. Gepaart mit dem hohen Konsum an Alkohol glich es einer internen Arbeits-Faschingsveranstaltung. Normalerweise war ich immun gegen beides: Alkohol und Frauen.

Das eine hatte ich und das andere wollte ich normalerweise nicht. An jenem Abend wollte ich beides. Es machte mir Spaß, mit ihr zu flirten, allerdings hätte ich nicht gedacht, dass daraus mehr werden könnte.

Das Essen war sehr gut, soweit ich mich erinnere. Genau erinnern kann ich mich allerdings daran, wie anmutig es in Sabines Mund glitt. Wie ihre rot geschminkten Lippen die Gabel fest umschlossen. Immer wieder sagten ihre Blicke, dass sie mich wollte. Es gab absolut keine Fehlinterpretation.

Meine Kollegen waren so besoffen, dass sie von all dem gar nichts mitbekommen hatten. Ben war damals noch nicht in unserer Firma, aber ich denke, er hätte es auf jeden Fall gemerkt, egal wie viel er intus gehabt hätte.

Aber er war nicht da.

Niemand war da, der mich an dem, was passieren sollte, hindern konnte. Keiner sah, welchen Fehler ich noch an diesem Abend begehen würde.

Zu späterer Stunde war ein Großteil der Mitarbeiter und Chefs schon verschwunden. Der harte Kern war in eine Diskothek umgesiedelt. Wir waren ungefähr fünfundzwanzig Kollegen, darunter natürlich auch sie. Irgendwann stand sie neben mir an der Bar. Ich fragte sie, was sie trinken wollte.

Amaretto-Apfel mit Eis, ich trank Martini.

Mein Pegel war hoch und ich fühlte mich attraktiv, abenteuerlustig, angriffsbereit. Der Streit mit Mirjam war längst vergessen. Mirjam war in diesem Moment nicht bei mir.

Im Moment gab es nur sie und das brennende Verlangen sie zu besitzen. Die Flirterei den ganzen Abend lang hatte mich dermaßen heiß gemacht, dass ich ihre Nähe kaum ertragen konnte. Sie stand so nah bei mir, dass ich ihr Parfüm riechen konnte. Es war eine Mischung aus etwas süß-sinnlichem und etwas fruchtig-frischem, egal, was es war, es roch umwerfend. Wir nahmen einen Schluck unserer Drinks und dann küssten wir uns. Ihre Lippen umschlossen meine und ihre Zunge glitt gierig in meinen Mund. Ich war schon lange nicht mehr so erregt gewesen. Sie merkte das und fuhr mit ihrer Hand zwischen meine Beine. Ihr Griff war fest und genau so, wie ich es in diesem Moment brauchte. Auch mein letztes bisschen Verstand war damit ausgeschaltet.

Sie küsste meinen Hals während meine Hände ihren Körper entlang wanderten. Sie hatte einen wundervollen Körper. Und ihr Duft haute mich um.

»Ich will dich!«, flüsterte sie in mein Ohr.

Und wie ich sie erst wollte. Sie griff meine Hand und führte mich aus dem Laden.

Oliver Kramer, ein Kollege aus dem Standort West kam uns entgegen und grinste mich an. Ich fühlte mich einen Moment lang ertappt, aber ich hatte nur noch Augen für diese wunderschöne Frau, die mich gerade abschleppte. Wir fuhren mit einem Taxi zu ihrem Hotel. In ihrem Zimmer fielen wir regelrecht übereinander her. Sie verwöhnte mich, wie ich es schon lange vermisst hatte. Wir liebten uns leidenschaftlich und das nicht nur einmal in dieser Nacht. Ich fühlte mich männlich und anziehend.

Ich blieb die ganze Nacht, ohne Gedanken an den Morgen. Ich war zu betrunken, um mir wirklich bewusst zu sein, was ich da gerade tat.

Als ich morgens erwachte, lag die Verführung neben mir und schlief. Das weiße Hotellaken war um ihren Körper geschlungen. Ich sah sie an und dachte noch mal an die vergangene Nacht. Mein Kopf schmerzte. Eine kleine Panikattacke überkam mich. Mein Herzschlag wurde schneller und ich spürte, wie sich Schweißperlen auf meiner Kopfhaut bildeten. Meine Nase juckte und ein Name hämmerte im Inneren meines Kopfes gegen die Innenseite meiner Stirn: MIRJAM.

Es klopfte so stark, als ob der Name sich aus meinem Kopf einen Weg heraus hämmern wollte. Was hatte ich getan?

Ich sprang aus dem Bett. Für einen Moment war ich völlig orientierungslos.

Wo war ich eigentlich? Und wie kam ich hierher?

Kleine Erinnerungsfetzen der vergangenen Nacht schossen vorbei. Mir war schlecht, meine Knie waren weich, meine Wahrnehmung verschwommen. Ich wankte ins Badezimmer und schloss mich ein.

Ich sah in den Spiegel. Ich wusste, dass ich etwas getan hatte, von dem ich mir immer geschworen hatte, es nie zu tun. Ich duschte heiß und kalt. Als ich fertig war, ging ich zu meinen Klamotten, die verteilt auf dem Boden lagen. In meiner Hose fand ich mein Handy.

6 Anrufe in Abwesenheit, 2 SMS-Nachrichten.

Ich wusste, dass sie von Mirjam sein mussten. Sie hatte in verschiedenen Abständen versucht, mich anzurufen. In ihren SMS machte sie mir keine Vorwürfe, sondern bat mich um Rückruf, da sie sich Sorgen mache.

Außerdem entschuldigte sie sich für unseren Streit.

Mir stiegen die Tränen in die Augen. Mir war so furchtbar schlecht. Der Gedanke, dass ich meine Ehe aufs Spiel gesetzt hatte und dass ich Mirjam vielleicht verlieren könnte, waren unerträglich.

»Komm wieder ins Bett, Michael«, rief Sabine plötzlich.

Ohne ihr zu antworten, ging ich ins Badezimmer, verschloss die Tür und sprang erneut unter die Dusche. Ich musste mir überlegen, wie ich aus dieser Nummer wieder herauskommen konnte. Das heiße Wasser perlte an meiner Haut herunter. Ich fühlte mich schmutzig. Ich versuchte, einen klaren Kopf zu bekommen, indem ich das Wasser wieder kälter drehte. Ich ließ meinen Tränen freien Lauf. Ich weinte selten, aber wenn, dann immer unter der Dusche. Vielleicht war das der Grund für meine zweite Runde unter der Dusche. Hier fühlte ich mich sicher. Ich stammte aus einer Generation, in der es den Männern nicht leichtfiel, vor anderen zu weinen. Mein Vater gönnte mir immer eine extra Ohrfeige, wenn er sah, dass meine Augen sich mit Wasser füllten.

»Ein Indianer kennt keinen Schmerz; Echte Männer weinen nicht; Reiß dich zusammen; Werd erwachsen«, und die üblichen Floskeln betete er dann herunter und sah mich abschätzig an.

Ich war weder ein Indianer noch ein echter Mann, ich wollte mich nicht zusammenreißen oder erwachsen werden - ich war ein Kind, das in den Arm genommen werden wollte, wenn es sich weh getan hatte.

Ich wünschte, Mirjam würde mich jetzt in den Arm nehmen.

Als ich aus dem Badezimmer kam, sprang Sabine mich überschwänglich an und drückte mir einen Kuss auf. Ich wies sie ab. Sie fragte mich, was sie getan hatte und warum ich sie so behandeln würde. Ich erklärte ihr, dass ich einen Fehler gemacht hatte. Dass ich glücklich verheiratet war und gestern einfach zu betrunken war und in der falschen Verfassung. Ich sagte ihr auch, dass sie es nicht persönlich nehmen sollte und dass, unter anderen Umständen, diese Nacht für mich wirklich wunderschön und etwas Besonderes gewesen wäre.

Sie zeigte Verständnis, allerdings konnte ich in ihrem Gesicht deutlich lesen, wie sehr ich sie verletzt hatte.

Ich verschwand und fuhr nach Hause. Von unterwegs rief ich Oliver an. Ich sagte ihm die Wahrheit und fragte ihn, ob er mich decken könnte. Wir vereinbarten, dass ich die Nacht bei ihm verbracht hatte, weil ich zu betrunken war.

Als ich zu Hause ankam, saß Mirjam in der Küche und las in einem Kochbuch für ayurvedische Kochkunst. Sie sah mich leicht missmutig an.

Ich erklärte ihr, dass ich so viel getrunken hatte, weil ich noch aufgebracht von unserem Streit war, dass ich bei Oliver geschlafen hätte und dass es mir leidtäte, dass ich mich nicht gemeldet hatte.

Sie glaubte mir

10

Die Nacht war furchtbar gewesen. Geplagt von einem tanzenden Skelett, war mein erster Gedanke am nächsten Morgen meine Tochter.

Ich hoffte, dass dieser Tag irgendwie besser werden sollte als der vergangene. Ich verstand nun, wie es meiner Kollegin Andrea Breuners vor ein paar Jahren ging. Ihre Leistung fiel plötzlich rapide ab, als ihr kleiner Sohn an Leukämie erkrankt war. Erst, als wir davon erfuhren, wurde uns der Zusammenhang klar und hatten auch Verständnis für sie. Aber erst jetzt wusste ich, wie sich so etwas wirklich anfühlte. Sie wurde damals beurlaubt und fand leider nie wieder einen richtigen Einstieg. Sie arbeitete jetzt zwar wieder als Sekretärin in einem Autokonzern, soweit ich wusste. Dies war allerdings ein großer Rückschritt für sie, da sie die gleichen Referenzen wie ich besaß.

Mirjam und ich verabschiedeten uns und ich hatte das Gefühl, ihr seit langem mal wieder ehrlich nahe zu sein.

Als ich in der Firma ankam, traf ich auf Stein.

»Ah, gut, dass ich Sie treffe, Schneid. Wie weit sind Sie eigentlich mit Ihrem Konzept? Kühl und Richter haben schon einen ersten Entwurf abgegeben. Die sind zwar noch nicht wirklich brauchbar, aber immerhin«, sagte er und kramte nach irgendetwas in seiner Jackett-Tasche.

Das war jetzt genau das, was mir noch gefehlt hatte. Ich beschloss, ihm die Wahrheit zu sagen.

»Herr Stein, ich bin leider noch nicht gut vorangekommen. Ich habe gestern erfahren, dass meine Tochter

Multiple Sklerose hat und ich muss jetzt für sie da sein«, sagte ich und war froh, es ausgesprochen zu haben.

»Oh... das tut mir leid Schneid, dass... wie heißt sie noch?«

»Jana«, warf ich ein.

»Ja, die kleine Jana. Mensch, das ist natürlich hart. Aber was machen wir da jetzt? Wollen Sie ein paar Tage Urlaub, Schneid?«, fragte er und legte seine Hand väterlich auf meine Schulter.

»Ich weiß es nicht, Herr Stein. Vielleicht wären ein paar Tage Urlaub ganz gut. Aber ich muss mich ja auch um das Konzept kümmern«, sagte ich nachdenklich.

»Ja, Schneid, Sie haben ja noch etwas Zeit. Vielleicht kann ja auch Frau Briest einiges übernehmen. Dann erledigt sie Ihre Tagesaufgaben und Sie versuchen sich nur aufs Konzept und Ihre Tochter zu konzentrieren. Die Briest ist doch fit, die bekommt das bestimmt hin«, sagte Stein.

Plötzlich ertönte eine Stimme hinter uns.

»Was bekomme ich bestimmt hin?«, rief Sabine, die sich außerhalb unseres Sichtfeldes genähert hatte und wohl ein paar Gesprächsfetzen aufgefangen hatte.

»Ach, Frau Briest, Sie kommen gerade richtig. Ich habe Herrn Schneid soeben vorgeschlagen, dass er sich ein paar Tage Urlaub nimmt, um sich um seine kranke Tochter und das Konzept zu kümmern. Sie könnten in der Zeit seine Tagesaufgaben erledigen. Trauen Sie sich das zu, Frau Briest?«, fragte Stein voller Überzeugung und strahlte stolz ob seiner guten Idee. »Natürlich, Herr Stein. Herr Schneid muss mir zwar noch ein paar Instruktionen geben, aber das dürfte kein Problem sein.

Tut mir leid wegen Jana. Was hat sie denn?«, fragte sie betroffen. Mir blieben die Worte fast im Hals stecken.

»Multiple Sklerose... sie hat... Multiple Sklerose.«

Über die Vertrautheit und die Kenntnis des Namens meiner Tochter war Stein sichtlich überrascht.

»Oh, das ist ja schrecklich«, antwortete Sabine. »Wie kommt ihr denn klar, du und Mirjam?«

Dass sie es wagte ihren Namen in den Mund zu nehmen.

Stein war dieses vertraute Verhältnis wohl auch zu viel und er beschloss, das Zepter zurückzuerlangen.

»Nun gut, Frau Briest, Herr Schneid, Sie werden das dann unter sich ausmachen und Sie nehmen sich so viel freie Tage, wie Sie brauchen, Schneid. In so einer Situation können Sie sich ja auf mich verlassen. Aber das Konzept müssen Sie in dieser Zeit schon fertig stellen. Das ist unser Deal, ja?«, sagte er und zog eine Augenbraue dabei hoch.

Ich nickte und ging in Richtung meines Büros. Sabine folgte mir.

»Wollen wir zusammen zu Mittag essen und alles besprechen, auch das, was ich dir gestern Abend gesagt hatte, in der Sauna?«

Sie musste die Sauna nun wirklich nicht erwähnen, als wenn ich vergessen könnte, wie sie nackt vor mir stand. Aber sie hatte schon immer ein Faible, bildhafte Visionen hervorzurufen.

Warum ich auf ihre Frage mit 'Ja' antwortete, wusste ich selber nicht. Vielleicht wollte ich einfach nur meine Ruhe.

Wir trafen uns in einem kleinen Bistro und bestellten Pasta und Salat.

»Danke, Michael. Ich weiß es zu schätzen, dass wir uns hier alleine treffen. Nach allem, was war.«

Sie stach in ein großes Blatt Eisberg Salat und beförderte es komplett in ihren Mund. Dieser mittlere Gewaltakt bescherte ihr zwei bis drei Balsamico-Tropfen, die über ihre Lippen zum Kinn tropften. Verlegen wischte sie sich die Tropfen mit einer Serviette weg. Sie lächelte.

»Es ist ein Geschäftsessen, du brauchst dich nicht zu bedanken«, erwiderte ich und aß meine Spaghetti Arrabiata.

»Wie geht es ihr denn? Hat sie schmerzhafte Symptome?«, fragte sie mitfühlend.

»Sabine, ich möchte mit dir nicht über mein Privatleben sprechen. Ich denke, das verstehst du. Ich möchte dir nur noch mal erklären, an welchen Kunden ich gerade dran bin und welche Projekte ich betreue, welche Lieferanten wir wieder einfangen müssen und was ich von dir erwarte in den Tagen, in denen ich weg bin.«

Ich spürte, wie sie durch mein Verhalten verärgert wurde.

»Ja gut, Michael. Aber dann heul dich bei mir auch nicht aus, wenn deine Tochter tot ist!«

Ich konnte es nicht fassen. Die kleinste Ablehnung und sie verfiel sofort in ihr altes Muster. Ich sah sie fassungslos an.

Sie war selbst erschrocken über ihren Ausbruch, doch für mich war alles klar.

Mit einem lauten Quietschen schob ich meinen Stuhl über den Fliesenboden und stand auf. Ich wollte nur noch weg. Weg von diesem unberechenbaren Ungeheuer.

Sabine stand auf und ergriff meinen Arm. Schon wieder. Ich schüttelte sie grob ab. Ich kramte nach meinem Geldbeutel und holte so schnell ich konnte einen Zwanzig-Euro Schein heraus und schmiss ihn auf den Tisch. In der Zwischenzeit hatte Sabine den Weg um den Tisch zu mir gemeistert und hielt mich erneut fest.

Ich schloss die Augen und wollte einfach nicht hören, was sie jetzt sagen würde.

»Michael, es... es... es tut mir leid. Ich wollte das wirklich nicht. Aber du musst mir einfach eine Chance geben. Ich versuche dir, so gut ich kann, entgegenzukommen, aber du bist einfach total kalt und gemein zu mir.«

Sie sah mich flehend an.

»Ich muss gar nichts, Sabine. Was erwartest du denn von mir? Nach allem, was du mir und meiner Familie angetan hast? Glaubst du wirklich, dass wir... FREUNDE sein können? Wir waren noch nie Freunde oder sonstiges. Ich hab eine Nacht mit dir verbracht und das war der größte Fehler meines Lebens. Ich war betrunken und bereue es in jeder Minute, in der ich daran denken muss.«

Ich wollte mich gerade von ihr lösen, als einer der Kellner kam.

»Ist bei Ihnen alles in Ordnung?«, fragte er und bedeutete uns mit seinem Blick, dass wir unsere Differenzen doch bitte woanders austragen sollten.

»Ja, vielen Dank. Ich bin gerade dabei, zu gehen. Es tut mir leid, wenn wir Ihnen Unannehmlichkeiten bereitet haben«, sagte ich und versuchte freundlich zu wirken.

»Soll ich Ihnen Ihr Essen einpacken?«, fragte der Kellner, der bemerkt hatte, dass wir von unserem Essen kaum etwas angerührt hatten.

»Nein«, warf Sabine schnell ein. »Wir essen es noch. Nicht wahr, Michael?« Sie sah mich flehend an.

Der Kellner sah mich ebenfalls an. Für einen Moment passierte nichts.

Wenn ich jetzt ginge, dann ließe sie sowieso nicht locker. Vielleicht sollte ich versuchen, mich mit ihr auszusprechen. Sie war verrückt. Wer weiß, was passieren würde, wenn ich sie wieder ablehnte. Ich war verunsichert.

Dann nickte ich dem Kellner zu und setzte mich wieder an meinen Platz. Ich steckte die zwanzig Euro wieder ein und nahm einen großen Schluck von meinem Wein.

»Wenn du noch einmal so einen Aussetzer hast, dann war's das, das schwöre ich dir.«

»Michael, es tut mir leid. Ich weiß nicht, was über mich gekommen ist, aber ich gebe mir solche Mühe. Ich möchte einfach nur, dass du mich wieder normal behandelst. Ich möchte dir helfen. Ich möchte es wieder gut machen. Ich tue alles.«

Sie sah mich an und ich konnte sehen, dass sich ihre Augen mit Wasser füllten. Ich wurde aus ihr nicht schlau. Manchmal hatte ich das Gefühl, dass sie an Schizophrenie litt.

»Sabine, es kann nur funktionieren, wenn wir auf rein geschäftlicher Basis miteinander umgehen. Ich will mit dir nicht über meine Familie oder die Krankheit meiner Tochter sprechen. Ich bin selbst noch völlig ne-

ben mir wegen dieser Sache. Und bei der kleinsten An-
wandlung ist es vorbei. Hörst du? Keine merkwürdigen
Treffen in der Sauna, keine privaten Gespräche vor Kollegen oder Stein, keine komischen E-Mails. Ist das
klar?«

Sie nickte. Eine Weile saßen wir schweigend da und
aßen unsere Nudeln. Dann wagte sie einen neuen Versuch, um ins Gespräch zu kommen.

»Hast du schon eine Idee für dein Konzept?«

»Nein. Ich habe so ein paar Ansätze. Vielleicht müssen wir Personalkosten reduzieren oder so...«

»Im Ernst?«

»Nein. Ich weiß es einfach noch nicht. Ich denke, ich
brauche etwas Abstand zu allem.«

Sabine nickte erneut und aß weiter. Ich sah in ihr Gesicht.

Warum war sie nur so verrückt? Sie konnte von einem Moment zum anderen vom Engel zum Teufel werden. Man war so geschockt, dass man kaum reagieren
konnte. Im Nachhinein tat es ihr immer leid. Sie sagte,
sie sei einfach ein sehr impulsiver Mensch, der ab und
zu die Beherrschung verlöre.

Zu Erpressung und Einbruch gehörte aber mehr, als
nur ein impulsiver Mensch zu sein.

11

Es war ungefähr Mitte Februar, als die ersten Anzeichen ihrer Besessenheit zum Vorschein kamen. Sabine hatte nach ein paar Anrufen im Büro verstanden, dass es für mich nur ein One-Night-Stand und ein absoluter Fehler gewesen war.

Zumindest dachte ich das.

Sie wollte sich unbedingt noch einmal mit mir treffen, was ich ablehnte. Ich war froh, dass mir meine Frau vertraute und mir die Geschichte mit der Übernachtung bei Oliver abkaufte. Ich fühlte mich nach wie vor schlecht und nahm mir vor, Mirjam irgendwann alles zu erzählen. Ich wollte mit solch einer Lüge nicht leben, aber dennoch kam ich mittlerweile einigermaßen damit zurecht. Sabine hatte sich ungefähr zwei Wochen nicht mehr gemeldet und ich wiegte mich in Sicherheit.

Als ich meine E-Mails an diesem besagten Tag Mitte Februar checkte, war auch eine von einem für mich bis dato unbekannten Absender dabei. Es enthielt ein Gedicht und der Absender lautete: prayingmantis.

> *Der Mann kann mehr Liebe schenken*
> *als empfangen. Doch Du, Du schenkst*
> *nichts. Doch Du, Du nimmst nur.*

Mein Herz schlug bis zum Hals. Konnte das von ihr sein? Es musste.

Wer sonst würde mir so eine E-Mail schreiben? Ich überlegte lange, ob ich darauf antworten sollte, wusste aber nicht, was. Ich beschloss nichts zu tun. Den ganzen Tag über hatte ich ein merkwürdiges Gefühl.

Ungefähr drei Tage später erhielt ich wieder eine E-Mail. Sie enthielt wieder ein Gedicht.

> *Der Keim der Rache lauert in zurückge-*
> *wiesener Liebe.*
> *Pass auf, dass der Keim keine Triebe*
> *bekommt.*

Diesmal antwortete ich auf die E-Mail.

> *Wer bist Du, was willst Du und warum?*

Mehr schrieb ich nicht. Ab diesem Moment hatte ich wirklich Angst. Angst, dass doch noch alles herauskommen würde. Angst, dass ich mir eine 'Alex Forrest' angelacht hatte.

Was sollte ich tun? Während ich so vor mich hin grübelte, ertönte ein Plopp am PC. Eine neue Nachricht. Absender: prayingmantis.

> *Ich bin die, die Du missbraucht hast,*
> *um Deiner beschissenen Ehe zu*
> *entkommen und mich dann weggeworfen*
> *hast wie ein Stück Müll.*
> *Ich will, dass Du Dich genauso*
> *fühlst und dass die, die Du liebst,*
> *Dich genauso abweist, wie Du mich.*
> *Warum?*
> *Weil Du es verdient hast.*
> *Du musst lernen, dass man mit Menschen*

anders umgehen muss.

Mir nahm es die Luft. Ich hatte wirklich eine 'Alex Forrest'. Ich hatte, genau wie in dem Film, eine verhängnisvolle Affäre.

> *Sabine, es tut mir leid, wenn ich Dich so sehr verletzt habe.*
> *Es lag nicht an Dir. Ich habe einfach einen Fehler gemacht. Ich hätte mich nicht so betrinken und mich gehen lassen dürfen. Du bist eine tolle Frau, aber ich will meine Familie nicht aufs Spiel setzen.*
> *Bitte versteh das doch.*

Einige Minuten später hatte ich eine Antwort.

> *Das hättest Du Dir überlegen sollen, bevor Du eine andere vögelst.*

Ich schrieb sofort zurück.

> *Was willst Du von mir?*

Umgehend erhielt ich Antwort.

> *Ich will, dass Du Dich mit mir triffst.*
> *Morgen.*
> *13:00 Uhr im L'Amour fou.*

Was für ein ironischer Name für ein Restaurant, in dem ich mich mit einer verrückten Ex-Geliebten treffen sollte. Ich wusste nicht, was ich tun sollte. Ich schlug hart mit der Faust gegen meinen Schreibtisch. Wer wusste, was sie tun würde, wenn ich mich nicht mit ihr treffen würde? Ich spürte, dass sie mir Angst machte. Ich wusste nicht, zu was sie fähig war. Aber wenn ich mich mit ihr traf, wer sagte, dass sie dann aufhörte? Ich überlegte hin und her. Vielleicht war es einen Versuch wert.

> *Ok. Aber danach ist Schluss mit E-Mails und Anrufen.*
> *Das musst Du versprechen.*

Ich wartete. Es kam keine Antwort.

Mir wurde bewusst, dass sie mich in der Hand hatte. Ich wartete weitere dreißig Minuten, doch es kam keine Antwort.

Ich verließ mein Büro mit einem unguten Gefühl. Wurde ich tatsächlich erpresst? Der Gedanke festigte sich und ich überlegte mir, was ich ihr sagen konnte. Ich musste diplomatisch sein, aber ich war kein verdammter Psychologe. Die andere Alternative wäre, Mirjam die Wahrheit zu sagen. Im Moment lief es doch eigentlich wieder ganz gut.

Ich wollte das nicht aufs Spiel setzen. Auf der anderen Seite wollte ich auch nicht mit dieser großen Lüge leben.

Als ich nach Hause kam, erzählte mir Mirjam, dass den ganzen Tag jemand mit unterdrückter Nummer angerufen hatte, aber dann jedes Mal wieder auflegte. Es war der perfekte Zeitpunkt, um ihr die Wahrheit zu sagen.

Ich sah meine geliebte Frau an und empfand so viel Wärme. Sie hatte immer Mitgefühl für andere Menschen. Selbst für die, die viele Fehler machten.

Ich sagte ihr nichts.

Ich sagte ihr nichts und begab mich stattdessen lieber in die Hände einer Irren.

Am nächsten Mittag traf ich mich mit dieser Irren also im L'Amour fou.

Sabine hatte sich sehr hübsch gemacht. Sie sah unschuldig aus. Sie sah nicht aus wie jemand, der eine Familie zerstören wollte.

»Danke, dass du gekommen bist. Das bedeutet mir sehr viel.«

»Ja, schon in Ordnung. Was willst du denn von mir, Sabine? Kannst du nicht bitte akzeptieren, dass zwischen uns nichts mehr passieren wird?«

»Michael, das habe ich akzeptiert. Glaub mir. Aber ich möchte, dass wir weiterhin Kontakt haben können. Ich möchte mit dir befreundet sein. Ohne Sex und ohne Hintergedanken. Ich meine, wir haben ja auch hin und wieder geschäftlich miteinander zu tun. Ich denke, es wäre eine komische Situation, wenn ich Herrn Kühl oder Herrn Stein erklären müsste, warum ich nicht mehr mit dir arbeiten kann.«

Sie lächelte, in völligem Bewusstsein ob ihrer Erpressung.

Ich schluckte. Mein Herz fing an zu klopfen. Sie konnte alles zerstören, was ich hatte und was mir wichtig war.

Eine Nacht. Es war doch nur eine Nacht. Ich musste wohl akzeptieren, dass mir das Schlimmste passiert war, was einem Fremdgeher passieren konnte.

»Gut. Dann werden wir einfach völlig normal miteinander umgehen. Nicht mehr und nicht weniger als vor unserem...« *Ich suchte nach der richtigen Bezeichnung,* *»...vor unserer... gemeinsamen Nacht.«*

Sabine lächelte, wirkte aber gleichzeitig auch melancholisch.

»Es war eine wunderschöne Nacht, nicht wahr?«

Ich sah sie an.

»Nicht wahr, Michael? Ganz ehrlich, es war doch wirklich eine wunderschöne Nacht, oder? Für dich doch auch, oder?«

Sie sah mir tief in die Augen.

Ich nickte. Ein Lächeln machte sich in ihrem Gesicht breit.

»Also, wäre das jetzt geklärt? Keine Gedichte mehr per E-Mail, keine Anrufe bei mir zu Hause, nichts Sonderbares, ok?«

»Ich habe nicht bei dir angerufen.«

»Wie auch immer. Ich halte mein Versprechen nur, wenn du deins auch hältst.«

Sie nickte.

Danach aßen wir und unterhielten uns über die Firma. Das Gespräch verlief normal, aber dennoch fühlte ich mich in ihrer Gegenwart unwohl.

Als wir uns verabschiedeten, gab sie mir einen zärtlichen Kuss auf die Wange. Ihr Geruch erinnerte mich wieder an unsere Nacht. Wie unsere verschwitzten Körper sich eng umschlungen liebten. Es war in der Tat nicht nur ein One-Night-Stand gewesen. Es war eine wunderschöne Nacht, auch wenn ich es nicht wahrhaben wollte. Unsere Vereinbarung hielt ungefähr vier Wochen. Dann ging es wieder los.

12

Nach dem Mittagessen mit Sabine fuhr ich sofort zu Mirjams Mutter. Ich wollte Jana sehen. Ich wollte sie nach langer Zeit einfach wieder in den Arm nehmen. Ich wollte ihr sagen, dass ich sie liebte, dass ich für sie da sein würde.

»Michael, wieso bist du denn nicht bei der Arbeit? Ich hatte nicht damit gerechnet, dass du uns besuchen würdest. Mirjam hat mir nichts gesagt.«

Ursula war 69 Jahre alt und hatte ebenfalls rotblonde Locken. Sie schminkte ihre Lippen mit einem orangeroten Lippenstift, der ihre Haarfarbe deutlich unterstützte. Sie hatte eine grün umrandete Brille, die ihr immer auf der Nasenspitze saß, da sie sie nur zum Lesen brauchte. Dadurch hatte sie einen ganz bestimmten Blick, weil sie immer über den Rand ihrer Brille schielte, um einen fokussieren zu können.

»Mirjam weiß nicht, dass ich da bin. Ich habe mir frei genommen, um meine Tochter zu sehen. Sie ist doch da, oder?«

Sie schloss die Tür so, als wenn jemand, der sich im Haus befindet, nicht hören sollte, was nun gesprochen wurde.

»Michael, ich weiß nicht, ob es gut ist, wenn du jetzt mit ihr sprichst. Es geht ihr nicht so gut. Sie muss selbst erst mit der Diagnose klarkommen und ihr habt ja jetzt... wie soll ich sagen... naja... nicht das beste Verhältnis.«

»Ich glaube nicht, dass du das beurteilen kannst, Ursula. Ich möchte bitte zu meiner Tochter. Ich denke, sie braucht ihren Vater jetzt. Egal, was war.«

Ursula überlegt einen Moment und öffnete dann die Tür.

»Ich sage ihr kurz Bescheid.«

Ich wartete im Wohnzimmer. Es war immer so unübersichtlich bei Ursula. Alles war mit bunten Stoffen bezogen. Auf dem Boden lagen stapelweise Magazine und Zeitschriften. Sie konnte sich selten von Dingen trennen. Sie liebte Kunst und alte Bücher. Die Regale waren gefüllt mit unzähligen Büchern. Und das war in jedem Zimmer so. Sie hatte ihre eigene Ordnung, die aber auf den ersten Blick chaotisch wirkte. Durch die alten Gegenstände und Bücher hatte das Haus immer einen Geruch der Geborgenheit. Vielleicht war es gerade deswegen so gemütlich bei ihr.

Jana kam ins Zimmer. Ich sah sie seit langem ohne Schminke. Was für eine hübsche Tochter ich doch hatte. Warum wurde sie nur so bestraft?

Sie schmiss sich auf einen Sessel gegenüber von mir.

»Wieso bist du hier?«

»Ich wollte mit dir reden, mein Schatz.«

»Bitte hör auf. Ich sterbe ja nicht gleich heute.«

Ich stand auf und ging zu ihr rüber. Ich wollte sie in den Arm nehmen. Sie blockte ab.

»Jana, wir müssen jetzt zusammenhalten. Du kannst immer auf mich zählen. Ich möchte, dass du weißt, dass ich für dich da bin. Ich weiß, ich habe nicht immer alles richtig gemacht, aber gib mir eine Chance es jetzt besser zu machen.«

»Was willst du jetzt von mir hören?«

Ich sah sie an. Sie wirkte verletzt und abweisend. Was hatte ich nur getan? Ich kannte meine Tochter nicht mehr.

»Jana, ich... will nur, dass wir miteinander reden können.«

»Ja, was meine Krankheit angeht, das kann ich auch mit Mama und Oma klären. Du musst doch sowieso arbeiten, außerdem hat dich mein Leben vorher auch nicht interessiert. Nur, weil deine Tochter jetzt bald ein Krüppel ist, brauchst du auch nicht mehr den Super-Vater zu spielen.«

Sie stand auf und verließ den Raum. Das Schlimmste an ihren Worten war, dass sie irgendwie auch Recht hatte. In den letzten Jahren hatte ich sie wirklich vernachlässigt. Ich kam plötzlich nicht mehr an sie ran. Sie veränderte sich so sehr. Ich wusste einfach nicht, was ich mit ihr reden sollte.

Ursula kam herein und sah mich traurig an. Sie wusste, dass es mir jetzt schlecht ging.

»Willst du einen Jasmin-Tee? Der beruhigt.«

Mir wurde alles zu viel. Ich stürmte aus dem Haus und fuhr davon.

Ich war im Begriff, alles zu verlieren. Ich hatte mich noch nie so schlecht gefühlt, wie in diesem Moment

13

Als ich zu Hause ankam, war niemand da. Ich war völlig allein. Ich setzte mich in die Küche und lauschte der Stille. An welcher Baustelle sollte ich zuerst arbeiten? Mein Leben glich einem Scherbenhaufen. Heute Morgen war für mich völlig klar, dass Jana nun meine volle Aufmerksamkeit brauchte, aber die wollte sie nicht. Ich hatte jegliche Beziehung zu ihr verloren.

Ich ging in Janas Zimmer und sah mich um. Es war unordentlich, wie es immer war. Ich sah mir ihre Poster an den Wänden an. Zwischen den düsteren Heavy Metal Bands, die mir alle nichts sagten, entdeckte ich auch eines von KISS. Die mochte ich auch, damals, als ich noch jung war. Vielleicht waren wir gar nicht so verschieden, wie ich immer dachte.

Als ich so über ihren Schreibtisch blickte, fiel mir ein Kästchen auf. Ich hatte es Jana zu ihrem zehnten Geburtstag geschenkt. Ich sagte ihr, es sei ein Wunschkästchen, in das sie immer ihre Ziele und Wünsche hineinpacken könnte. Sie könne sie auf ein Blatt Papier schreiben und von Zeit zu Zeit nachsehen, ob sich einer davon schon verwirklicht hätte. Wenn ja, müsse dieser raus, da das Kästchen nicht so viel Energie besäße, um alte Dinge zu verwahren.

Meine Hand glitt über den Deckel des Kästchens. Ich wusste, dass es nicht in Ordnung wäre, hineinzuschauen, aber ich spürte diesen starken Drang, in der Hoffnung, mehr über ihr Leben zu erfahren. Es machte mich wahnsinnig, dass sie mir plötzlich so fremd erschien. Ich zögerte einen Moment, dann öffnete ich es.

Enttäuscht sah ich den samtigen Bezug des Kästchenbodens, der höchstens ein paar Staubflusen aufweisen konnte.

Was hatte ich erwartet? Dass sich mir ihr Leben durch einen kleinen Zettel offenbarte? Wieso sollte sie auch etwas aufrechterhalten, was von mir kam? Sie hasste mich.

Die Haustür fiel ins Schloss.

»Michael? Schatz, bist du hier?«

Ich verließ Janas Zimmer und ging die Treppe runter.

»Da bist du ja. Meine Mutter hat mich angerufen. Wieso bist du denn hingefahren?«

»Ich wollte meine Tochter sehen. Aber das hat sich wohl erledigt. Du hast sie ja bestimmt meinetwegen zu Ursula gebracht.«

»Michael, was erwartest du denn von ihr? Ihr sprecht seit einem Jahr fast kein Wort mehr miteinander. Soll sie jetzt auf einmal wieder ganz normal sein? Sie muss selbst erst einmal mit ihrer Situation klarkommen. Geht es um dich oder um Jana? Für sie ist es wohl am schlimmsten, oder was meinst du?«

Ich starrte Mirjam an. Ich war einfach völlig außen vor.

»Ich habe mir frei genommen. Zehn Tage.«

»Wie hast du das denn gemacht? Ich dachte, du musst gerade an diesem Konzept arbeiten.«

»Ich wollte für euch da sein. Aber anscheinend kommt ihr alle gut ohne mich zurecht.«

Mirjam kam auf mich zu und nahm mich in den Arm.

»Du musst jetzt Verständnis aufbringen. Nur so kommst du ihr wieder näher. Gib ihr etwas Zeit. Gib uns allen etwas Zeit. Warum fährst du die zehn Tage nicht nach Burg? Ich denke, dir täte etwas Abstand genauso gut. Vielleicht kannst du da auch in Ruhe an deinem Konzept arbeiten. Und in der Zwischenzeit rede ich mit Jana. Gib uns allen die nötige Kraft und Energie, um alles in Ordnung zu bringen.«

»Ich fühle mich so nutzlos, Mirjam. Ich muss doch für meine Familie da sein.«

Tränen schossen in meine Augen. Meine Hände zitterten.

»Das bist du doch trotzdem. Jana liebt dich, aber im Moment ist sie enttäuscht, verletzt und verängstigt. Und da braucht sie mich eben mehr. Und Ursula. Das musst du einfach akzeptieren. Du hilfst uns allen und auch dir am meisten, wenn du uns etwas Zeit gibst und du auch deine Sachen erledigen kannst.«

Vielleicht hatte sie Recht. Auch wenn mir das nicht gefiel.

Ich ging wortlos ins Schlafzimmer und packte Kleidung aus dem Schrank aufs Bett. Mirjam folgte mir.

»Bist du jetzt sauer, Michael?«

Ich hielt inne. Nein, ich war nicht sauer. Ich war traurig und fühlte mich als Versager.

»Nein, Mirjam. Es tut mir leid. Ich werde fahren. Wenn du sagst, das ist das Einzige, was ich tun kann, um zu helfen, dann tue ich es.«

Sie sah mich liebevoll an.

»Du tust das Richtige. Das spüre ich.«

Ich verabschiedete mich von ihr und fuhr Richtung Nordsee. Ich hatte einen weiten Weg vor mir. Ich fuhr fast immer auf der rechten Spur, weil meine Gedanken meine Konzentration beeinträchtigten. Zu viele unterschiedliche Gedanken schossen mir die ganze Zeit durch den Kopf. Ich wollte nicht auch noch einen Unfall riskieren, obwohl mir auch dieser Gedanke als Lösung meiner Probleme hin und wieder verlockend vorkam.

Doch je weiter ich mich von allem entfernte, Jana, Mirjam, Sabine, Herr Stein, umso mehr Mut fasste ich, dass ich doch noch alles irgendwie geregelt bekommen könnte.

Als ich in dem alten Haus ankam, war es bereits 23 Uhr.

Ich riss erst einmal die Fenster auf, um frische Luft hereinzulassen.

Ich liebte das alte Haus in dem ländlichen Dörfchen. Hier fühlte ich mich noch genauso, wie als Kind. Es veränderte sich nicht so viel, wie in den großen Städten.

Klar war ich stolz, auch hier WLAN zu besitzen, aber die anderen Bewohner konnten auch sehr gut ohne klarkommen.

Alle fünf Jahre gab es ein großes Dorffest, das Holzmarktfest, bei dem auch die anderen Einwohner der umliegenden Dörfer zusammenkamen. Es gab Pferdekutschen, Musik, Essen, viel Wein und hier und dort ein einstudiertes Theaterstück oder eine Tombola. So, wie die Stadt geschmückt war, stand das Fest kurz bevor. Überall waren Holzstände aufgebaut und die Straßen waren mit bunten Fähnchen geschmückt. Für viele Einwohner war das ein großes Highlight, auf das man sich bereits seit dem letzten Fest freute.

Ich ging in den Vorratsraum und öffnete eine Flasche Rotwein und schenkte mir ein großes Glas ein. Manchmal waren wir fast ein Jahr gar nicht hier, aber wir hatten immer Konserven und Wein vorrätig. Das Haus war noch so eingerichtet, wie damals, als meine Mutter noch lebte. Ich veränderte nichts, aber dennoch fehlte Leben in diesem Haus. Sie fehlte hier. Sie fehlte mir. Wäre ich Schriftsteller geworden, wäre dies wohl ein idealer Platz gewesen, um Romane zu schreiben.

Mirjam war sehr gerne hier und sie wollte immer, dass wir fest hierherzogen. Aber das ging schon rein beruflich nicht. Außerdem wollte ich meiner Tochter dieses Dorfleben nicht mehr zumuten, nachdem sie ein absolutes Stadtkind geworden war und viele Freunde dort hatte.

Vor zwei Jahren hatten wir noch einmal darüber gesprochen, aber Jana und ich lehnten ab. Zu diesem Zeitpunkt waren wir uns seit langem mal wieder einig.

Auch wenn es hier wunderschön war, die Menschen freundlicher und die Luft besser, hielt ich es auf Dauer nicht aus. Ich brauchte die Großstadt, ich brauchte die Hektik, ich brauchte meinen Beruf. Oder lief ich nur vor Etwas davon? Aber wovor? Ich schüttelte den Gedanken ab und packte meinen Koffer aus. Es war komisch, dass Mirjam nicht bei mir war. Ich füllte mein Glas noch mal nach.

Ich hatte Janas Wunschkästchen mitgenommen. Nachdem sie es nicht nutzte, hoffte ich, dass es seine Energie vielleicht für meine Wünsche verwenden würde. Dieser Gedanke erschien etwas kitschig, aber ich hatte gleichzeitig auch das Gefühl, ein Stück von meiner Tochter bei mir zu haben.

Ich packte das Kästchen auf den alten Sekretär im Wohnzimmer. Er war aus massivem Rosenholz und das Lieblingsstück meiner Mutter. Er war viel teurer als das, was sich meine Eltern sonst so geleistet hatten. Mein Vater hatte ihn meiner Mutter zu ihrem fünfzigsten Geburtstag geschenkt. Ich werde nie vergessen, wie sehr sie sich freute. Bis zu ihrem Tod befreite sie ihn täglich vom Staub. Das tat sie immer sehr liebevoll. Vielleicht auch zum Andenken an meinen viel zu früh verstorbenen Vater.

Das Wunschkästchen hatte verschiedene Mosaiksteine auf dem Deckel. Sie fügten sich kreisförmig zusammen.

Ich schrieb drei Zettel mit je einem Ziel, welches ich mir für die nächsten Tage setzte:

- Das Konzept fertig stellen
- Mit Jana ins Reine kommen
- Mirjam die Wahrheit über Sabine sagen

So aufgeschrieben wirkte alles gar nicht so schwierig. Aber wenn ich darüber nachdachte, wusste ich, dass es so einfach nicht sein würde. Ich könnte sofort einen Zettel abarbeiten, es wäre nur ein einziger Anruf. Aber genau diese Aufgabe erschien mir mit am schwersten, besonders jetzt, wo Sabine wieder in meiner Nähe war.

Ich schloss meinen Laptop an und schenkte mir ein weiteres Glas Wein nach. Mein Kopf fühlte sich schwer an. Er saß wie ein Stein auf meinem Nacken, der jeden Moment drohte, einzubrechen. Ich ließ meinen Kopf kreisen, um meinen Nacken zu entlasten. In meinem Kopf fühlte es sich an, als würden Murmeln hin und her rollen.

Ich beschloss, auf die Couch umzusiedeln. Vorher legte ich die drei Zettel in das Kästchen. Vielleicht würde die geheimnisvolle Kästchenenergie daran arbeiten, während ich schlief. Vielleicht würde ich mich aber auch übergeben von dem vielen Wein und den ebenso vielen Problemen.

Ich hoffte, dass das nun mein Tiefpunkt sei und ab morgen alles besser werden würde

14

Am nächsten Morgen ging ich in einen der seit mehreren Generationen nahezu unveränderten Tante-Emma-Läden, die es in Burg noch gab. Ich kaufte diverse Lebensmittel und drei Franzbrötchen. Auf die freute ich mich immer, wenn ich nach Norddeutschland kam. Ich aß sie wie als Kind, mit Butter. Sie schmeckten wunderbar. Diese feine Zimtnote und der gute Buttergeschmack harmonierten einfach perfekt.

»Herr Schneid, das ist ja nett, dass Sie uns mal wieder hier oben besuchen. Ist ihre Familie denn auch da?«

Die Kassiererin kannte mich schon mein halbes Leben lang. Katharina war früher mit meiner Mutter befreundet und als Tratschtante bekannt. Sie wusste immer über alle und alles Bescheid, was manchmal nützlich und manchmal auch anstrengend sein konnte.

»Nein, ich bin alleine hier. Ich muss etwas für die Arbeit erledigen.«

»Oh, aber Sie wollen sich doch nicht scheiden lassen, oder?«, fragte sie völlig entsetzt ob der Tatsache, dass ich alleine in den hohen Norden gekommen war.

Ich beruhigte sie schnell, bevor sich dieser Gedanke bei ihr verfestigen konnte.

»Nein nein, es ist alles Bestens. Meine Frau meinte, ich hätte hier oben vielleicht mehr Muße, um ein neues Konzept für unsere Firma zu entwerfen.«

»Und die kleine Jana, wie geht es ihr denn? Ich hab sie ja schon ewig nicht mehr gesehen.«

Allein ihren Namen zu hören, tat mir weh.

»Ihr geht es gut. Sie ist ja jetzt schon fünfzehn. Sie ist ein ganz normaler Teenager würde ich sagen.«

»Ach ja, die Zeit geht auch vorbei, glauben Sie mir. Ich habe das mit meinen vier auch durch. Aber die Mädchen sind immer etwas schwieriger. Fünfzehn ist ein heikles Alter, das weiß ich noch. Aber Sie und Ihre Frau machen das bestimmt ganz souverän, denke ich. Ah, das macht dann 36,54 €, bitte.«

Ich legte ihr das Geld hin. Zum Glück stellte sich eine Frau mit vollem Einkaufswagen hinter mich, so dass sie mich nicht noch weiter zu einem Gespräch verführen konnte. Als ich zur Ladentür hinauswollte, rief mir Katharina mit heller Stimme zu:

»Michael, kommen Sie denn morgen zum Fest? Wir würden uns sehr freuen.«

Ich hob meinen Daumen und signalisierte ihr ein 'Ja'.

Ob ich morgen Lust hatte, auf das Holzmarktfest zu gehen, wusste ich nicht, aber bevor sie einen Versuch startete, mich zu überreden, sagte ich lieber gleich 'Ja'.

An diesem Tag richtete ich das Haus wohnlich ein. Ich verstaute die Lebensmittel und Getränke und putzte das Haus von oben bis unten. Ich putzte auch den alten Sekretär und dachte dabei viel an meine Mutter. Ich hatte ihren Tod damals nur schwer verkraften können. Sie war immer für mich da gewesen. Auch wenn sie nie viel von der Welt gesehen hatte und ein genügsames Leben hier in Burg verlebte, war sie weiser als viele andere Menschen, die ich in meinem Leben kennen gelernt hatte. Sie fehlte mir. Ganz besonders jetzt. Mein Vater war schon sehr früh gestorben. Er hatte Lungenkrebs und starb mit nur fünfundfünfzig Jahren. Wenn ich mir überlege, dass ich in ein paar Jahren genauso alt bin, wird mir bewusst, wie tragisch dieser Tod für meine Mutter war, und für mich.

An diesem Tag konnte ich mich zu nichts anderem mehr aufraffen. Meine Zettel blieben in dem Kästchen und meinen Zielen kam ich nicht näher.

Erst am nächsten Morgen beschloss ich, mit dem Konzept anzufangen. Ich legte mir alles zurecht, brühte mir einen frischen Kaffee auf und begann damit, meine E-Mails zu lesen.

Zwischen den üblichen Werbemails befand sich auch eine von Sabine.

> Hallo Michael,
>
> ich habe mitbekommen, dass Du zum Haus Deiner Mutter in Burg gefahren bist. Ich hoffe, Du kommst dort etwas zur Ruhe und kannst gut an dem Konzept arbeiten.
>
> Bei mir läuft hier alles so weit gut. Mit Herrn Menderez von der Verwaltung von Cooperonics Spanien treffe ich mich morgen und bespreche die letzten Einzelheiten, bevor wir den Vertrag fixen.
>
> Viele Grüße,
>
> Sabine

Woher wusste sie denn, dass ich hier war?

Ich schob den Gedanken zur Seite, da ich mich heute wirklich nur auf das Konzept konzentrieren wollte. Außerdem wollte ich um 17 Uhr zum Fest gehen und bis dahin musste ich etwas geschafft haben.

Ich stellte eine Liste zusammen mit den Problemen der Firma und einem Ideal, das es zu verfolgen galt. Ich versuchte zu überlegen, wie man die Differenzen, die in vielen Punkten horrend groß waren, ausgleichen oder überbrücken konnte. Wo sollte ich ansetzen und wie?

Ich hatte keine Ahnung.

Als ich an diesem Punkt ankam, beschloss ich erstmal Mittag essen zu gehen. Es war jetzt viertel nach eins.

Ich fuhr nach Büsum, um dort in eines meiner Lieblingsfischrestaurants zu gehen.

Dort bestellte ich mir immer Speckscholle mit Bratkartoffeln. Während ich mein Essen genoss und die Arbeiter in einer Werft, die genau neben dem Restaurant war, beobachtete, fiel mir ein älterer Mann auf, der ebenfalls alleine seine Speckscholle mit Bratkartoffeln aß.

Er sah zu mir herüber. Ich nickte ihm freundlich zu. Wir lächelten, weil wir bemerkten, dass wir das Gleiche aßen.

»Sie haben einen guten Geschmack, junger Mann.«

Dass er mich einen jungen Mann nannte, fand ich sehr schmeichelnd. Er sah aus wie ein Seebär und musste so um die siebzig Jahre alt sein.

»Das kann ich nur zurückgeben.«

Ich prostete ihm zu.

»Sind Sie von hier?«

»Ursprünglich ja, aber ich lebe mittlerweile in Süddeutschland.«

Er nickte und schob sich einen großen Bissen Scholle in den Mund. Etwas undeutlich sagte er so etwas wie, dass ich mich doch zu ihm an den Tisch setzen sollte. Ich nahm meinen Teller und setzte mich zu ihm. Mir war Gesellschaft in diesem Moment nicht unrecht.

»Haben Sie Familie?«

»Ja, meine Frau und meine Tochter sind zu Hause geblieben. Ich muss etwas für die Arbeit erledigen und bin in mein altes Elternhaus nach Burg gefahren.«

Er nickte und schob sich wieder einen großen Bissen in den Mund. Er hatte einen weißen Vollbart und trug einen dunkelblauen Troyer, was ihn wirklich wie einen alten Kapitän aussehen ließ.

»Was arbeiten Sie denn?«

»Ich bin Standortleiter bei einem großen Unternehmen, MaschBa GmbH. Und Sie? Warten Sie, Sie waren bestimmt mal ein rauer Seebär auf einem großen Krabbenkutter.«

»Nein. Da muss ich Sie enttäuschen. Ich war in der Unternehmensberatung tätig. Und das sehr erfolgreich, mein Freund. Strategien entwickeln, Restrukturierung, Abläufe optimieren, innovative Methoden einführen, naja, eben Lösungen für Probleme entwickeln. Und immer etwas anders als die anderen.«

Er lachte und es schien, als würde er sich an alte Zeiten erinnern, die sehr positiv für ihn waren.

»Wissen Sie, nach wie vor glauben die meisten Menschen Charles Darwin meinte mit 'Survival of the Fittest', dass der Stärkste, Aggressivste, Härteste überlebt. Fit übersetzt bedeutet jedoch 'angepasst'. Darwin meinte also den, der sich an die Umstände am besten anpasst! Unternehmen, die sich nicht anpassen, gehen unter. Genau das war mein Steckenpferd.«

»Sie machen Spaß, oder? Genau darum geht es in meiner Aufgabe, die ich gerade für die Firma erledigen muss.«

»Wo klemmt´s denn?«

Er sah mich mit seinen stahlblauen Augen erwartungsvoll an. Er hatte wirklich blaue Augen, viel zu blau für einen Mensch in seinem Alter.

Mir fiel auf, dass ich nicht wusste, was ich antworten sollte.

»Ich bin übrigens Michael, Michael Schneid.«

»Thomas. Nur Thomas.«

»Ja, wissen Sie, die goldenen Zeiten in unserer Firma sind anscheinend vorbei. Der Wettbewerb überholt uns, Kunden springen ab und das, obwohl wir alle Vollgas geben. Aber ich weiß im Moment überhaupt nicht, was für eine Lösung es für diese Probleme geben könnte. Mein Chef hat alle fünf Standortleiter beauftragt, ein eigenes Konzept zu entwickeln, um unsere Firma wieder zum Marktführer zu machen. Naja, im Moment läuft privat auch vieles nicht ganz rund, so dass ich noch nicht viel dafür machen konnte. Deswegen bin ich jetzt hier.«

Er sah mich an und lächelte.

»Das zeigt, dass er ein guter Chef ist.«

»Bitte?«

»Ja, ja... haben Sie schon mal, was von Partizipation gehört?«

Ich sah ihn fragend an. Ein Stückchen Speck hing in seinem Bart, ich musste unweigerlich hinsehen.

»Wenn Sie wollen, helfe ich Ihnen. Aber ich fordere eine Gegenleistung.«

Er schaute mich streng an.

»Sie müssen mich beim Angeln begleiten. Mindestens noch viermal diese Woche. Seit meine Frau tot ist, habe ich selten Gesellschaft. Außerdem glaube ich, dass

Angeln etwas für Sie wäre. Haben Sie es schon mal versucht?«

»Nicht so wirklich. Aber ich versuche es. Ich gehe gerne mit Ihnen Angeln.«

Toll, ich sollte ein Konzept entwickeln und anstatt mich 24 Stunden auf den Hosenboden zu setzen, ging ich nun Angeln. Aber vielleicht konnte er mir ja wirklich gute Tipps geben, schließlich schien er sehr vertraut mit dem Thema. Ich konnte nur hoffen, dass seine Strategien nicht veraltet waren, denn er musste schon eine Weile aus dem Beruf raus sein. Mittlerweile hatten wir unser Mittagessen beendet.

»Also, dann treffen wir uns morgen am Meldorfer Hafen um 8:00 Uhr früh. Da beißen sie besser. Sie wissen doch, wo das ist, oder?«

Ich nickte. Eigentlich war es mir viel zu früh, aber wenn ich schon die Chance bekam, von einem erfahrenen Berater Ideen für mein Konzept zu bekommen, sollte ich das unbedingt ausnutzen.

Wir verabschiedeten uns und ich freute mich auf den nächsten Morgen.

Ich wusste nicht, wie wichtig Thomas noch für mich werden würde.

15

Am nächsten Morgen machte ich mich sehr früh auf den Weg. Die Luft war angenehm frisch und weckte mich vollends auf. Es ging eine frische Brise, als ich zum verabredeten Treffpunkt kam. Thomas war in voller Montur: gelbe Gummistiefel, das passende Ölzeug lag neben ihm. Im Mund hatte er eine Pfeife. Es sah so klischeehaft aus, dass ich unweigerlich lachen musste. Wie kam es, dass ein Mensch so sehr nach einem Beruf aussah, ihn aber nicht ausübte?

»Sei leise, sonst verjagst du die Fische. Wenn wir nichts fangen, müssen wir heute Abend fasten. Ich habe übrigens beschlossen, dass wir uns jetzt duzen. Was dagegen?«

Ich schüttelte den Kopf und setzte mich leise neben ihn und sah ihn erwartungsvoll an. Er reichte mir eine Angel.

»Hier, mach schon mal den Köder ran.«

Er blickte in die Richtung, wo seine Angelkiste lag. Ich hoffte sehr, dass er moderne Köder hatte und ich nicht auf glitschige Würmer treffen würde. Doch in der Kiste räkelten sich mindestens zwanzig Würmer in einer schleimigen Suppe. Kurz hatte ich einen gewissen Brechreiz, den ich unterdrücken musste.

Thomas tat so, als bekäme er nicht mit, dass ich mich ekelte.

Beherzt griff ich in die Kiste und schnappte mir einen fetten Wurm, den ich auf den Angelhaken spießte. Barbarisch war das.

Ich warf die Angel aus und entspannte ein wenig. Dann beschloss ich, das Thema Konzept anzureißen.

»Wir haben im Moment einen Konkurrenten, die Sohner AG, und wir wissen nicht genau, woran...«

Thomas legte den Zeigefinger auf seinen Mund. Dann flüsterte er.

»Pssst, du willst doch heute etwas essen, oder?«

Er zwinkerte mir zu und zog genüsslich an seiner Pfeife. Ich starrte aufs Wasser. Ich war ungeduldig. Ich wollte endlich anfangen, meine Zettel abzuarbeiten. Ich wollte, dass es voran ging. Ich wollte endlich dieses elende Gefühl von Untätigkeit, von Gehemmtsein, von dieser alles erdrückenden Leere hinter mir lassen.

Flüsternd fragte ich ihn.

»Thomas, wann wollen wir denn über mein Konzept sprechen? Ich bin ja nur zehn Tage hier. Jetzt nur noch neun eigentlich. Ich bezahle dich auch dafür.«

Thomas sah mich nicht an. Er schaute hinaus aufs Wasser. Dann sagte er leise:

»Wir sprechen darüber, wenn du so weit bist. Du wirst dein Konzept alleine machen. Aber ich helfe dir, auf dem richtigen Weg zu bleiben. Der Weg hat bereits begonnen. Also sei still und angle deinen Fisch.«

Er hatte nicht einmal zu mir herübergesehen. Ich befolgte seine Anweisung und versuchte, der Stille zu lauschen. Immer wieder kam ein Schwall Rauch von seiner Pfeife zu mir herüber.

Ich hatte schon vor vielen Jahren das Rauchen aufgegeben. Ungefähr damals, als ich Mirjam kennen gelernt hatte. Aber den Geruch von Pfeifenrauch mochte ich immer noch.

Nach ungefähr einer Stunde, keiner von uns beiden hatte etwas gefangen, packte Thomas zwei Flaschen

Saft aus. Er reichte mir eine. Es war selbst gepresster Saft. Er war wirklich lecker.

Wir tranken den Saft gemütlich aus und versuchten weiter unser Glück. Wir saßen einige Stunden einfach nur schweigend da. Immer wieder blickte er zu mir, sagte aber nichts. Mir tat der Hintern weh.

Dieses Nichtstun machte mich ganz unruhig.

Irgendwann zappelte etwas an Thomas' Angel. Er hatte tatsächlich einen Fisch am Haken. Es war aufregend zu sehen, wie er sich zufrieden freute und mit völliger Ruhe den Fang einholte. Es war ein mittelgroßer Hering. Als er ihn an Land geholt hatte, schlug er ihm mit einem Knüppel kurz und hart auf den Kopf. Dann schloss er die Augen, hielt einen Moment inne und legte ihn in seine Angelkiste. Hatte er gerade für den Fisch gebetet?

Schweigend machte er den nächsten Köder an den Haken. Nach nur etwa zehn Minuten hatte er wieder einen dran. Es schien, als liefe es sehr gut, nachdem er den ersten gefangen hatte. Er fing noch weitere drei Stück. Als er den letzten vom Haken machte und ihn in seine Angelkiste legte, sah er mich strahlend an.

»Also mein Abendessen ist gesichert, wie sieht's mit dir aus, mein Freund?«

»Ich glaube, ich fange heute nichts mehr.«

Es war bereits nach 15 Uhr und ich hatte langsam auch keine Lust mehr.

»Kann es sein Michael, dass du dich etwas ärgerst, dass du keinen Fisch gefangen hast?«

»Ja, ein bisschen schon«, sagte ich ertappt.

»Und was hast du davon?«

»Wovon?«

»Dass du dich ärgerst?«

»Naja… nichts. Aber es ärgert mich halt und für dieses Gefühl kann ich ja nichts.«

»ES ärgert dich? Sag mal Michael, hat dich früher schon mal etwas oder jemand geärgert?«

Ich verstand nicht, was er von mir wollte.

»Ja klar, nicht nur einmal!«, platzte es aus mir heraus.

»Nein!«

»Wie nein?«

»Nein Michael, dich kann niemand ärgern. Du ärgerst dich immer selbst. Etwas mag geschehen, jemand kann irgendetwas tun, aber ob du dich ärgerst oder nicht, ist deine Entscheidung. Mir hat mal jemand gesagt: 'Ich freue mich, wenn das Wetter schlecht ist oder mir etwas kaputt geht. Denn wenn ich mich nicht freue, fängt die Sonne auch nicht an zu scheinen und was kaputt ist wird nicht wieder ganz.' Denk da mal drüber nach«, sagte Thomas und grinste breit.

Ich musste schmunzeln, obwohl ich eigentlich nicht wollte. Irgendwie hatte er Recht.

»Aber das würde ja bedeuten, dass wir verantwortlich für unsere Gefühle sind?«, fragte ich skeptisch.

»Allerdings! Nur bedeutet das auch, dass wir Verantwortung übernehmen müssen – für unsere Gedanken, unsere Gefühle, unsere Entscheidungen...«

Ich nickte.

»Deine Einstellung stimmt eben noch nicht. Aber du wirst sehen, bevor du wieder fährst, wirst du einen großen Fang gemacht haben. Für heute teile ich meinen.«

Er packte seine Sachen zusammen. Ich tat es ihm gleich. Als wir alles zusammen hatten, stellte er sich in Richtung Wasser und tat etwas für mich sehr Seltsames. Er nahm die Hände vor die Brust und bedankte sich für seinen Fang.

»Man darf immer nur so viel nehmen, wie man braucht und sollte immer so viel geben, wie man kann. Befolgst du diesen einen Rat, ist alles im Fluss.«

Damit verließen wir unseren Platz und liefen zum Parkplatz.

»Dann würde ich sagen, ich komme heute Abend zu dir, so gegen 18:30 Uhr und wir braten die Kleinen hier bei dir. Ist dir das recht?«

Ich nickte. Er war sehr bestimmend, aber ich mochte das. Niemand hatte sich so einfach bei mir zu Hause eingeladen, doch mir gefiel seine Art. Ich schrieb ihm meine Adresse auf einen kleinen Zettel.

»Ich will sehen, wie du lebst.«

»Aber ich lebe in dem Haus nicht wirklich. Es ist das Haus meiner Mutter. Ich habe es fast so gelassen, wie es war. Es sagt mehr etwas über sie als über mich aus.«

»Das ist noch besser. Also bis nachher. Ich nehme die Kameraden dann schon mal aus oder möchtest du das lieber tun?«

Beherzt schüttelte ich den Kopf. Er lächelte.

Dann verabschiedeten wir uns.

16

Irgendwie fand ich es nett, dass ich Thomas getroffen hatte. Ich hoffte, dass er mir wirklich helfen könnte. Nachdem ich etwas aufgeräumt hatte, deckte ich den Esstisch. Ich musste an Mirjam und Jana denken.

Ich rief bei uns zu Hause an, aber es antwortete niemand. Einen Moment überlegte ich, ob ich es wirklich tun sollte.

Ich rief bei Ursula an.

»Oppenheim?«

Sie meldete sich immer mit einer sehr vornehmen Betonung.

»Hallo Ursula, ich bin es. Ist Mirjam zufällig bei dir?«

»Ja, warte einen Moment, ich gebe sie dir.«

Es dauerte eine Weile, bis Mirjam ans Telefon kam. Mein Herz schlug wie wild und sprang mir fast aus der Brust. Das hämmernde Schlagen drückte auf meine Lunge. Ich atmete einmal tief durch. Dann hörte ich ihre Stimme.

»Hallo, Schatz.«

»Hallo. Und? Wie geht es euch so? Wie geht es Jana?«

»Naja, den Umständen entsprechend. Wir reden viel, lenken sie aber auch ab. Sie will ab nächster Woche wieder in die Schule gehen. Und wie kommst du so voran? Steht in Burg noch alles?«

»Ja, ja es geht so. Es ist Holzmarktfest, weißt du?«

»Ach, das ist ja nett. Gehst du hin?«

»Nein, nein. Ich hab jemanden kennen gelernt. Thomas, ein ehemaliger Unternehmensberater, der will mir etwas helfen mit meinem Konzept. Ich treffe mich heute Abend mit ihm.«

»Das ist ja wunderbar. Siehst du, das musste wahrscheinlich so sein. Gut, dass du gefahren bist.«

»Mirjam, ich muss dir etwas sagen.«

Mein Puls schlug heftig. An meinem Hals klopfte es stark.

»Was denn?«

»Ich... vor fünf Jahren hatten wir doch mal einen großen Streit, weißt du noch? Wegen des Fernsehers. Und ich habe dann betrunken bei Oli geschlafen... erinnerst du dich?«

»Äh, ja... und? Michael, ich muss gleich wieder in die Küche. Ich bereite gerade vegane Moussaka. Was ist denn, willst du mir sagen, dass du gar nicht bei Oli warst, oder wie?«

Sie wartete auf eine Antwort. Sie hatte mich vollkommen überrannt. »Ja... genau das will ich dir sagen!«, schrie es in mir.

»Nein, nein... ich meine nur... ich musste vorhin daran denken und ich wollte mich dafür entschuldigen. Ich habe mich damals echt blöd verhalten.«

»Ok, danke. Wenn das so ist, kannst du ja auch noch über ein paar andere Streitereien nachdenken. Mir würden da noch ein paar einfallen.«

Sie lachte, während sie es sagte.

Mir war übel. Ich war einfach nicht in der Lage, ihr die Wahrheit zu sagen.

»Ok, Schatz. Ich will dich nicht aufhalten. Fragst du Jana noch, ob sie mit mir telefonieren will?«

»Michael, gib ihr Zeit.«

»Gut, dann richte ihr einen Gruß aus. Und Ursula auch. Mach's gut.«

»Mach ich, mach's auch gut. Und viel Erfolg mit deinem Konzept.«

Als ich auflegte, sah ich zu dem Kästchen rüber. Ich ging zum alten Sekretär und schaute in das Kästchen hinein. Da lagen sie, meine drei Sorgenfälle. Keiner war verschwunden. Keiner war nur ansatzweise bearbeitet. Alles war beim Alten.

Ich schlug den Deckel des Kästchens zu. Ein Mosaiksteinchen fiel ab und zerstörte den gleichmäßigen Verlauf der Form.

Ich hätte mich ohrfeigen können für mein Verhalten. Ich war so ein Feigling. Wann kam der Moment, an dem ich wieder alles anpacken würde? Ich war doch nicht immer so gewesen. Es gab Zeiten, da kannte ich so etwas wie Resignation nicht. Da war ich mutig und voller Vertrauen. Ich war Lichtjahre von dieser Zeit entfernt.

Ich setzte mich an den Tisch und öffnete die Flasche Weißwein, die für meinen Besuch und mich vorgesehen war. Ich trank ein Glas sofort aus und goss ein zweites nach. Als wenn es etwas helfen würde, sich immer zu betrinken. Trotzdem tat es gut. Es machte mich für einen Moment gleichgültiger und ließ mich mein Unvermögen besser ertragen.

Dann klingelte es an der Tür.

Als Thomas das Haus betrat, sah er sich erst einmal genau um. Er legte die Fische, die er in ein durchtränktes Geschirrhandtuch gewickelt hatte, auf die Anrichte in der Küche. Dazu legte er eine Tüte, in der sich dem ersten Anschein nach einiges an Gemüse befand.

Er ging ins Wohnzimmer und sah sich die Bilder an den Wänden an. Mit einer Hand strich er über den alten Sekretär.

»Aus eigenem Anbau.«

»Was?«

»Das Gemüse.«

»Ach so.«

Er strich immer noch über den Sekretär.

»Ah, Rosenholz. Deine Mutter hatte Geschmack.«

Ich nickte. Dass er sich genau dieses Möbelstück ausgesucht hatte, fand ich bemerkenswert.

Er wirkte einen Moment nachdenklich und auch melancholisch. Dann klatschte er in die Hände und erschreckte mich mit der plötzlich eintretenden Lautstärke.

»Also, dann mal ran an den Fisch. Zeig mir mal deine Pfannen.«

Wir gingen in die Küche und suchten uns das passende Kochgeschirr zusammen. Ich wurde gleich zum Küchenjungen degradiert und musste das Gemüse verarbeiten, während Thomas sich an die Fische machte. Wir tranken Weißwein und Thomas erzählte mir etwas über die unterschiedlichsten Zubereitungsarten eines Herings.

Nach ungefähr einer dreiviertel Stunde konnten wir essen. Es war wirklich außergewöhnlich gut. Ich hatte schon lange nicht mehr gekocht. Irgendwie fand ich es schön, mein Essen mal wieder selbst zubereitet zu haben.

Und noch besser, wir hatten - naja eigentlich hatte er – alles selbst gefangen und geerntet. Es hatte etwas Puristisches. Mirjam hätte das sehr gefallen.

Später machten wir es uns im Wohnzimmer bequem. Thomas hatte darauf bestanden, dass wir gleich alles wieder aufräumten. Er meinte, es ginge schneller, wenn nicht alles angetrocknet ist und es wäre einfach angenehmer, wenn man unangenehme Arbeit nicht vor sich herschieben würde.

Wem sagte er das.

Also spülten wir gemeinsam ab. Ich konnte mich nicht erinnern, mit wem ich so etwas je getan hatte. Außer natürlich mit Mirjam oder als Kind mit meiner Mutter.

Als wir so zusammensaßen und unseren Wein tranken, merkte ich, wie gut mir seine Gesellschaft tat. Ich war zwar enttäuscht, dass wir immer noch nicht über mein nicht vorhandenes Konzept gesprochen hatten, aber trotzdem nahm er mir meine innere Unruhe.

Genau in dem Moment, in dem ich mich damit abfinden wollte, dass wir auch heute Abend nicht über meine Firma reden würden, stieg Thomas ins Thema ein.

»Du wolltest doch wissen, warum ich der Meinung bin, dass du einen guten Chef hast, richtig?«

Ich nickte und wartete gespannt.

»Nun, dass er sein Management in die Entwicklung eines neuen Konzepts wirklich aktiv mit einbezieht, lobe ich mir. Nicht jeder Chef hat solch ein Vertrauen in seine Mitarbeiter.«

Von dieser Seite aus hatte ich Steins Entscheidung noch gar nicht betrachtet. Gespannt lauschte ich dem, was nun kam.

»So gibt es keine Strategie, die am grünen Tisch geplant wurde, fern jeder Praxis ist und sich dann mangels

Akzeptanz nicht umsetzen lässt. Er lässt seine Mitarbeitenden ganz eigene Ideen entwickeln, die dann auch zu eurem Unternehmen passen. Im Bestfall jedenfalls. Weißt du Michael, wie ich einen meiner wichtigsten Kollegen und mittlerweile guten Freund kennengelernt habe? Ich war zu einem Treffen von IT-Leitern eingeladen und er, er heißt übrigens auch Michael, hielt einen Vortrag darüber, wie er seine IT reorganisiert hat. Und er sprach von Menschen, von Veränderung, von Marketing und davon, Betroffene zu Beteiligten zu machen. Einen IT-Leiter, der nicht von Bits, Bytes, Servern und Netzen sprach, fand ich sehr spannend, genau wie seinen Vortrag auch. Im Nachgang standen wir beim Bier zusammen und jemand sagte '...dann muss man halt das Personal reduzieren!' Da platzte es einfach aus mir heraus, dass das der schlechteste Weg sei, um eine Verbesserung zu erzielen. Dass es besser sei, sich effizient zu organisieren, um innovative Produkte und bessere Dienstleistungen zu erbringen. Der andere Michael wunderte sich darüber, dass ein Unternehmensberater mal nicht Leute entlassen wollte und sagte, er wolle sich mal mit mir darüber genauer unterhalten. Nun, wir sind heute noch gut befreundet und gehen regelmäßig bei ihm in den Bergen Mountainbiken. Warum ich dir das erzähle? Es geht in Unternehmen immer um Menschen, um das Miteinander, um intelligente Lösungen und Ideen. Man muss sich offen austauschen und alles hinterfragen. Manchmal sollte man sich eben auch die Meinungen von anderen anhören, auch wenn sie im ersten Moment fremd erscheinen. Man muss die Dinge immer gemeinsam erarbeiten, dann werden sie gelebt. Denk daran, wenn du an deinem Konzept arbeitest. Genau das hat mein Freund Michael bei der Reorganisation seiner

IT sehr erfolgreich gemacht, mit seinen Mitarbeitern Lösungen erarbeitet, beziehungsweise, die Mitarbeiter diese selbst erarbeiten lassen. Und genau das will dein Chef wohl auch erreichen, dass ihr das Zukunftskonzept selber erarbeitet. Dadurch, dass ihr jeweils eigene Konzepte erarbeiten sollt, erreicht er, dass unterschiedliche Ansätze auf den Tisch kommen und nicht einer seine Ideen durchdrückt. Wenn es ihm im Nachgang gelingt, dass ihr euch für das beste Konzept entscheidet und dieses gemeinsam ausarbeitet und einführt, ist der Erfolg so gut wie sicher.«

»Aber wir Manager stehen doch so intern unter totalem Konkurrenzdruck?«, fragte ich ihn und merkte, dass ich bereits vollkommen an seinen Lippen hing.

»Nun ja, ein interner Wettbewerb kann sich schon als Schuss nach hinten herausstellen, aber wenn dabei ein gutes Konzept herauskommt und er alle zu einem Commitment bewegen kann, kann es auch gelingen. Viele Menschen haben viele Ideen. Unterschiedliche Ideen. Wie oft habe ich es erlebt, dass ein Vorstand etwas mit den sogenannten Top-Beratern entwickelt hat, die von der Praxis keine Ahnung haben und nie selbst im Management waren. Und dann haben sie sich gewundert, dass die Basis die Veränderungen nicht mittrug. Ein Scheitern ist da auf jeden Fall vorprogrammiert. Mir hat einmal ein Geschäftsführer vor einer geplanten Fusion gesagt, dass sie heute noch 'Hundert Meter tiefe Grabenkämpfe' von der ersten Fusion haben, obwohl diese schon x Jahre zurück lag. Hast du eine Ahnung, wie viel Geld ein Unternehmen so etwas kosten kann? Präsentismus ist hier neben Change-Management das Stichwort.«

»Was, bitte?«

»Präsentismus.«

Ich sah ihn fragend an, unklar der Bedeutung dieses Wortes.

»Absentismus sagt dir etwas - oder?«

Natürlich sagte es mir etwas. Ich kannte das Problem, wenn Mitarbeitende krank zuhause blieben, im Krankenhaus oder auf Kur waren. Das konnte schon Löcher in die Organisation reißen, teilweise mit Folgen in vielen anderen Unternehmensbereichen. Zum Glück analysierten wir die Anzahl der Arbeitsunfähigkeitstage sehr genau. Der Krankenstand in meinem Standort war jedoch der niedrigste von allen Standorten. Ich nickte heftig.

»Klar sagt mir Absentismus etwas!«

»Präsentismus ist, wenn die Mitarbeitenden zwar an ihrem Arbeitsplatz sitzen, aber 'nicht können, nicht wollen oder nicht dürfen'.

Diverse Studien belegen, dass Präsentismus bis zu dreimal höhere Kosten verursacht, als Absentismus, also wenn die Mitarbeitenden wirklich krank sind.«

Er nahm einen großen Schluck Wein, stellte das Glas auf den Wohnzimmertisch und beugte sich vor.

»Stell dir das mal vor, Michael, dreimal höhere Kosten! Bei einem durchschnittlichen Krankenstand von dreieinhalb Prozent bedeutet dies insgesamt ungefähr zehn Prozent Produktivitätsverlust! Das ist doch Wahnsinn. Andere Studien sprechen sogar von zwölf Prozent Produktivitätsverlust oder auch, dass engagierte Mitarbeitende das operative Ergebnis um neunzehn Prozent steigern könnten. Oder, dass das genutzte Engagement der Mitarbeitenden nur fünfzig Prozent beträgt, also im

Umkehrschluss fünfzig Prozent der Personalkosten in den berühmten Ofen geschossen werden.

Rechne das mal auf dein Unternehmen um – wie würdet ihr dastehen, wenn ihr den Gewinn um neunzehn Prozent steigern könntet?«

Man merkte, dass er jetzt vollkommen in seinem Metier war.

»Das klingt fantastisch. Aber was genau bedeutet, dass 'die Mitarbeitenden nicht können, nicht wollen oder nicht dürfen'?«

»Na, überleg' doch mal, Michael. Es ist eigentlich ganz einfach, nur hat das bisher kaum ein Manager ernsthaft berücksichtigt. 'Nicht können', nun das ist zum Beispiel, wenn ein Mitarbeitender physisch, also körperlich krank ist. Er kann eine Krankheit haben, die ihn zwingt, im Bett zu liegen. Oder sein Körper hat ihm aufgrund permanenter Überlastung den Stecker gezogen und er bekommt 'nix mehr gebacken'. Das nennt man Absentismus. Von Burnout hast du doch sicher auch schon mal was gehört, oder? Die Mitarbeitenden sind dann wochen-, ja monatelang außer Gefecht und oft kommen sie gar nicht mehr richtig zurück. Vielleicht magst du mal meinen Artikel 'Vorsicht kalte Depression' lesen?«

Ich nickte. Zweimal.

»Präsentismus bedeutet, der Mitarbeitende geht zwar zur Arbeit, kann aber dort sein volles Potential nicht entfalten, weil er psychisch oder emotional blockiert ist, weil ihn die Frau verlassen hat, sein Chef ihn permanent demotiviert, seine Kinder pubertieren oder die Krankheit der eigenen Eltern ihn sehr belastet. Das können so viele Dinge sein.«

Ich musste sofort an Jana denken. Wie recht Thomas hatte. Ich merkte doch selber genau in diesem Moment, dass es so viele Dinge in meinem Leben gab, die mich davon abhielten, hundert Prozent Leistung zu erbringen. Auch ich war nicht gerade der größte Leistungsträger der MaschBa in diesem Moment.

»Oder er kann nicht, weil ihm schlicht das Wissen dazu fehlt, beziehungsweise sein Wissen veraltet ist. Unser Wissen verdoppelt sich alle zwei Jahre - wusstest du das, Michael?

Dann sitzt er da, ist gesund und bis in die Fingerspitzen motiviert, aber werkelt mit altem Wissen an neuen Herausforderungen.

Oder er sitzt einfach am falschen Platz. Oder sein Computer läuft nicht richtig. Oder er wartet auf Zuarbeit, weil die Abläufe im Unternehmen schlecht organisiert sind oder weil die Maschinen permanent kaputt gehen und oft repariert werden müssen oder ihm fehlen die nötigen Informationen, um effizient und effektiv zu arbeiten. Oder, oder, oder...

Es gibt so viele Gründe, warum Mitarbeitende ihre Tätigkeit nicht vernünftig ausführen können. 'Nicht können' kann also eine Ursache sein. Verstehst du das?«

Ich nickte wieder.

»Wenn Mitarbeitende 'nicht wollen' bedeutet das ganz einfach, dass sie eben nicht wollen. Sie könnten zwar, wollen aber nicht. Das kann auch mehrere Gründe haben: weil der Chef doof ist, weil der Kollege ein Besserwisser ist und mal ordentlich gegen die Wand laufen soll, weil sie den Sinn ihrer Arbeit nicht verstehen, weil die Kollegen der anderen Abteilung schon immer und aus Prinzip blockiert wurden, weil sie keine Lust haben sich abzurackern, damit der Chef die dicke Kohle und die Lorbeeren einheimst, weil das Betriebsklima schlecht ist und keiner große Lust hat, sich überhaupt zu engagieren, weil sie innerlich schon gekündigt haben, weil sie nur die letzten Jahre bis zur Rente absitzen wollen oder schon den neuen Arbeitsvertrag beim Wettbewerber in der Tasche haben. Weil, weil, weil... Auch hier gibt es tausend Gründe.«

Ich sah mich um, ob ich nicht irgendwo ein Blatt Papier und einen Stift entdeckte. Ich hatte das dringende Bedürfnis alles aufzuschreiben.

»Nun, und 'nicht dürfen' heißt einfach, dass Gesetze, die Unternehmensrichtlinien, die interne Vorgaben, Regeln, der eigene Vorgesetzte oder auch der Gruppenzwang in der Abteilung etwas verbietet oder einfach das Engagement der Mitarbeitenden hemmt. Ich hatte einmal im Rahmen eines Projekts einer Mitarbeitenden eine Lösung für ein massives Problem vorgeschlagen. Hier ging es um Gefahrenabwendung in der Produktion und Vermeidung von Unfällen. Weißt du, was sie mir gesagt hat? Genau das Gleiche hätte sie ihrem Chef auch schon vorgeschlagen, aber der wies sie zurecht und meinte, das würde weder in ihren Verantwortungsbereich noch zu ihren Kompetenzen gehören. Sie solle gefälligst ihren eigenen Job machen.«

Ich klebte an seinen Lippen. Alles, was er sagte, kam mir entweder aus eigener Erfahrung sehr bekannt vor oder ich hörte es permanent im Freundeskreis, in der Sauna und selbst im Restaurant in den Gesprächen am Nebentisch.

Seine Augen funkelten.

Dann verstummte er und sah nachdenklich aus. Ich sah ihn an und wartete. Ich hoffte, noch mehr Wissen aufsaugen zu können.

»Haben wir noch etwas Wein? Ich könnte, glaube ich, noch ein Gläschen vertragen, bevor ich mich auf den Nachhauseweg mache.«

»Natürlich.«

Ich stand auf und ging in die Küche, um eine neue Flasche aufzumachen. Ich schenkte ihm ein weiteres Glas ein.

»Macht es dir etwas aus, wenn ich mir ein paar Notizen mache?«

»Nein, ich bitte darum. Wenn dir meine Anregungen nützlich erscheinen, dann würde ich mir natürlich wünschen, dass du sie aufschreibst, wenn du dein Konzept entwickelst. Aber denk daran, was Konfuzius einst sagte: 'Das Entscheidende am Wissen ist, dass man es beherzigt und anwendet'. Und am Tun scheitert es meistens. Versuche also stets, dir deine Ideen in der Praxis vorzustellen und dir zu überlegen, wie du sie konkret umsetzen kannst.«

Insgeheim hatte ich schon gehofft, dass Thomas mir genau sagen würde, was ich machen sollte oder wie mein Konzept aussehen sollte. Aber wie es schien, wollte er mir nur ein paar Anregungen geben, auf deren Basis ich es dann doch selbst entwickeln musste...

Ich kramte nach einem Block. Als ich endlich alles hatte, fing ich an, mir Notizen zu machen. Thomas trank in der Zwischenzeit seinen Wein. Er schaute mir zu, wie ich eifrig alles aufschrieb. Ich kam mir in seiner Gegenwart wie ein kleiner Junge vor.

Als ich fertig war, sah ich zu ihm. Vielleicht könnte ich ihm ja doch noch mehr entlocken.

»Aber wie kann man denn erreichen, dass sich die Mitarbeiter wohler fühlen? Dass sie können, wollen und dürfen? Was muss denn verändert werden, um einen Idealzustand zu schaffen?«

Natürlich bekam ich die Lösung nicht so einfach verraten.

»Nun, Michael, ich würde sagen, du überlegst erst einmal selbst. Wie sieht denn dein ganz eigenes Leistungsniveau aus? Gibst du denn volle einhundert Prozent? Oder hast du Störfaktoren, die dich bremsen, deine Maximalleistung zu erbringen? Und da wäre ja auch die Frage, ob du überhaupt Maximalleistung bringen willst?«

Ich überlegte einen Moment. Ich sah Jana, Sabine, Stein, der mit einem Herzinfarkt im Krankenhaus lag...

»Ich werde jetzt aufbrechen. Der nächste Termin zum Angeln wäre dann übermorgen, ja?«

Erst übermorgen? Warum nicht morgen? Ich hatte Angst. Mir lief die Zeit davon.

»Ja, sehr gerne. Ich begleite dich noch zur Tür.«

Wir verabschiedeten uns.

»Ach, Thomas, eine Frage noch. Ich habe das Gefühl, dass du wirklich viel Wissen und Erfahrung besitzt und auch ganz neue, wenn auch ungewöhnliche Ideen. Du könntest doch damit viel Geld verdienen. Warum hilfst du ausgerechnet mir?«

»Nun, ich denke, es war kein Zufall, dass wir uns begegnet sind und ich fühle, dass du es verdient hast und etwas damit bewegen kannst. Außerdem ist nicht reich, wer viel hat, sondern wer viel gibt.«

Mit diesen Worten drehte er sich um und verschwand in der Dunkelheit.

Ich fühlte mich gut. Seit ich den Auftrag bekommen hatte, hatte ich das erste Mal das Gefühl, dass ich ein Konzept erstellen könnte und diese Aufgabe wirklich bewältigen würde.

In dieser Nacht schlief ich endlich wieder gut

17

Am nächsten Morgen setzte ich mich gleich mit einem frisch aufgebrühten Kaffee an meinen Computer und versuchte, die Notizen, die ich mir gemacht hatte in eine Art Tabelle zu bringen. Ich teilte sie in die Kategorien 'nicht können', 'nicht wollen' und 'nicht dürfen' ein. Tatsächlich fügten sich meine Stichpunkte wunderbar in diese Kategorien ein. Darunter schrieb ich mögliche Faktoren, die dafür verantwortlich sein könnten.

Ja, eine Strukturierung meiner Gedanken war mir schon immer hilfreich und sie schriftlich vor mir zu sehen, brachte sofort mehr Klarheit. Diskussionen ohne ein greifbares Ergebnis am Ende mochte ich noch nie.

Es machte richtig Spaß und ich war froh endlich etwas Schwarz auf Weiß zu haben. Ich hatte einen Anfang.

In einer Denkpause sah ich zu dem Kästchen hinüber.

Einen Zettel hatte ich quasi angerissen.

Was war mit den anderen?

Ich stand auf und ging zum Telefon.

Ich wählte die Nummer, noch bevor ich einen Gedanken daran verschwenden konnte, ob und warum ich das jetzt tun sollte.

»Oppenheim?«

»Hallo Ursula, ich bin es... schon wieder. Äh... ist Mirjam da?«

»Hallo Michael. Schon ok. Nein, sie ist leider nicht da. Sie ist mit Jana beim Arzt. Kann ich ihr was ausrichten?«

»Ja, sie... sie soll mich bitte zurückrufen, wenn sie da ist. Ach, Ursula?«

»Ja?«

»Kannst du bitte darauf achten, dass Jana bei dem Gespräch nicht anwesend ist?«

Die Pause, die Ursula ließ, verhieß nichts Gutes. Ich hörte, wie sie tief durchatmete.

»Michael, ist alles in Ordnung?«

»Ja, Ursula. Tu mir nur bitte den Gefallen, ja?«

»Na gut. Kein Problem. Ich werde darauf achten.«

»Danke. Auf Wiederhören, Ursula.«

»Wiederhören.«

Ich legte den Telefonhörer auf den Küchentisch. Es war richtig und ich wusste es. Leider war es nur so unheimlich schwer und meine Angst, Mirjam zu verlieren hatte es geschafft, dass ich so viele Jahre mit diesem furchtbar schlechten Gewissen gelebt hatte.

Es war Zeit für eine Veränderung. Eine große.

Ich machte mich wieder an meine Arbeit.

Als ich mir meine Tabelle nochmals ansah, musste ich schmunzeln, weil es eigentlich so logisch war und doch kaum jemand diesen Punkten Beachtung schenkte. Wenn jeder Mitarbeitende fünf Prozent mehr Leistung erbringen würde, allein dadurch, dass es ihm persönlich und gesundheitlich besser ginge, ja, er sogar Freude an der Arbeit hätte, wäre das im Gesamten für die Firma eine ungemeine Gewinnmaximierung.

Man müsste die Mitarbeitenden mehr an die Firma binden. Sie müssten das Gefühl haben, dass sie eben nicht nur für ihren Chef, sondern auch für sich selbst arbeiten und damit auch für das Ganze.

Aber wie?

Da fiel mir ein, was ich einmal von Sir Richard Branson gelesen hatte: 'Was das eine Unternehmen von den anderen unterscheidet, sind immer die Menschen. Ein Unternehmen beginnt irgendwann mit einer Gruppe von Menschen und wird auch später von Menschen geführt. In erster Linie wird Erfolg also nicht durch Strategien und Systeme, sondern durch die Menschen verursacht. Ein Unternehmen erfolgreich zu führen heißt, es so zu führen, dass die beteiligten Menschen stolz darauf sein können, dass die Mitarbeiter stolz auf das Unternehmen sind, dass deren Angehörige stolz auf das Unternehmen sind, dass die Kunden stolz auf das Unternehmen sind.' Hm, aber was genau kann eine Firma denn dafür tun?

Ich überlegte mir, wie ich die Mitarbeitenden besser in den Fokus stellen könnte und ob ich vielleicht verschiedene Unterpunkte entwickeln könnte?

Das hieße, Faktoren zu bestimmen, die das Können, das Wollen und das Dürfen der Mitarbeitenden verbesserten, Faktoren, die die physische Gesundheit der Mitarbeitenden förderten, die die psychischen Belange verbesserten, die das gesamte Betriebsklima verbessern konnten, die das Know-how auf den aktuellsten Stand bringen würden, die den Konkurrenzdruck minderten, die eigene Leistung steigerten und dabei die Wertschätzung erhöhten.

Eigentlich war es wie bei Kindern.

Man sollte sie in ihren positiven Eigenschaften und Taten bestärken, anstatt immer nur die negativen zu kritisieren. Bei Kindern merkt man schnell, wie sehr sie sich bestärkt fühlen und noch mehr Energie in ihre Handlungen stecken. Sie glauben dir, wenn du ihnen sagst, dass sie etwas besonders gut oder außergewöhnlich gemacht haben. Und wie sehr strahlen Kinder erst, wenn man sich als Erwachsener bei ihnen bedankt. Ein Lob ist doch immer von oben herab, ein Danke hingegen ist auf Augenhöhe. Kinder platzen förmlich vor Stolz bei einem Danke, das wissen gute Eltern.

War mein Chef ein guter Chef?

Ich war mir nicht ganz so sicher. Er selbst stand einfach immer unter zu großem Druck, so dass er automatisch seinen Stresspegel auf andere übertrug.

Ich musste an Jana denken, wie sie mir immer ein gemaltes Bild aus dem Kindergarten mitbrachte. Sie malte mir immer Pferde, weil wir früher öfter ein Gestüt bei uns in der Nähe besucht hatten und wir beide dabei immer viel Spaß hatten.

Ich sagte ihr, dass ich am liebsten schwarze Pferde mochte und so bekam ich fast jeden Tag ein schwarzes Pferd gemalt. Wahrscheinlich hatte kaum ein anderes Kind die schwarzen Malstifte so beansprucht wie sie.

Während ich an meine kleine Maus von damals dachte, hörte ich dumpf das Telefon klingeln.

Auf einen Schlag waren die positiven Bilder der Vergangenheit verschwunden und der herzklopfende Wahnsinn in meiner Brust brach aus wie ein Buschfeuer.

Ich sah den Hörer an und drückte auf das kleine grüne Telefon.

»Hallo?«

Meine Stimme klang anders als üblich.

»Schneid, sind Sie das?«

Steins Stimme war nicht die, die ich erwartet hatte, aber eine kleine Erleichterung war es trotzdem, auch wenn ich nicht wusste, woher er meine Nummer hatte.

»Herr Stein, hallo. Woher haben Sie denn meine Nummer?«

»Schneid, das tut jetzt nichts zur Sache. Sagen Sie, wann sind Sie denn wieder im Lande? Sie sollten dringend mal vorbeikommen, es gibt da... nun wie soll ich mich ausdrücken... es gibt da... Komplikationen.«

»Ich wollte eigentlich nicht vor nächster Woche... Was denn für Komplikationen?«

»Nun, Michael...«

Er nannte mich nie Michael. Ich befürchtete, dass etwas Schlimmes passiert sein musste.

»...Frau Briest war wohl mit den Tagesaufgaben nicht ausgelastet und hat in Ihrem PC, nun ja, aufgeräumt und dabei ist sie auf etwas gestoßen, was Sie in keinem guten Licht dastehen lässt.«

Ich schluckte.

»Herr Stein, ich weiß nicht... ich bin mir keiner Schuld...«

»Michael, ich habe vollstes Vertrauen zu Ihnen und ich kann mir das nicht erklären. Auch bin ich der Meinung, dass Frau Briest nicht befugt war, in Ihren Dateien und Ordnern... nun ja... herumzuschnüffeln. Trotzdem möchte ich mit Ihnen darüber sprechen. Und zwar zusammen mit Frau Briest.«

Was hatte sie bloß getan? Ich war fassungslos.

»Herr Stein, was hat sie denn gefunden? Es gibt nichts, was man hätte 'finden' können. Sie können gerne auf meinen Rechner zugreifen. Ich habe keine Geheimnisse.«

»Schneid, bitte lassen Sie uns das zusammen ansehen und dann besprechen.«

»In Ordnung. Aber ich kann vor Montag wirklich nicht kommen. Aus einem guten Grund, Herr Stein: ich stecke mitten in meinem Konzept.«

»Das will ich hoffen. Es ist ja nicht mehr allzu viel Zeit bis zur Abgabe.«

Die Art, wie er das sagte, war irgendwie einschüchternd für mich und ich fühlte mich unweigerlich wie ein dummer Junge. Wie so oft in seiner Gegenwart.

»Bis nächsten Montag. Ich erwarte Sie um 9:00 Uhr in meinem Büro. Zusammen mit Frau Briest.«

»Herr Stein, ich muss bitte wissen, woher Sie meine Nummer haben? Von Mirjam?«

»Wieso ist das denn so wichtig für Sie? Frau Briest hat sie mir gegeben.«

Ich hätte es wissen müssen.

»Danke. Bis Montag, Herr Stein.«

»Auf Wiederhören.«

Ich legte den Hörer wieder auf den Küchentisch und setzte mich daneben.

Wie konnte ich annehmen, dass sie sich geändert hatte? Hatte ich das denn wirklich geglaubt? Wenn nicht, wieso hatte ich es dann zugelassen, dass sie in meiner Nähe war, dass sie mit mir arbeitete, dass sie sogar meine Arbeit machte? Wie konnte ich so dumm sein?

Ich wählte die Nummer in meinem Büro.

»MaschBa GmbH, Apparat von Michael Schneid, Sabine Briest, guten Tag?«

Auch jetzt klang meine Stimme anders als üblich. Ich war wütend. Wirklich wütend.

»Was hast du schon wieder gemacht? Was hast du vor, Sabine? Warum tust du mir das an?«

Mir schossen die Tränen in die Augen. Verzweiflung machte sich breit. Gleichzeitig kochte das Blut in meine Adern. Ich meinte, in jedem Moment auseinander zu bersten. Ich war so wütend, dass, wäre sie vor mir gestanden, ich sie wahrscheinlich geschüttelt hätte.

»Oh Michael, dachte ich mir schon, dass du bestimmt anrufen würdest. Kann ich dir helfen?«

Ihr scheinheiliges Getue machte mich noch wütender.

»Oh hör doch auf, du verlogenes Biest. Was hast du Stein für Lügen erzählt? Was hast du getan, verdammt noch mal. Du bist ein mieses Stück..!«

»Einen Moment, bitte.«

»Sabine, bleib gefälligst dran, du... ich will jetzt wissen, was du...«

Ich wurde unterbrochen, von einer Männerstimme. Es war Stein.

»Herr Schneid, das muss doch wirklich nicht sein. Frau Briest hatte mich gebeten, Sie von ihrem Büro anzurufen, weil Sie befürchtete, dass Sie sie danach anrufen und bedrängen würden.«

»Was...?«

Mir nahm es jegliche Energie. Ich fühlte mich taub und benommen.

»Ich wünsche nicht, dass Sie Mitarbeitende der MaschBa in welcher Form auch immer beschimpfen oder bedrohen. Michael, das ist doch auch sonst nicht Ihre Art. Oder muss ich Ihr Verhalten jetzt nach dem

Motto 'nur der getretene Hund jault' beurteilen? Ist vielleicht doch etwas dran an den Vorwürfen von Frau Briest?«

»Herr Stein, Sie verstehen nicht... Frau Briest ist...«

'Verrückt', wollte ich sagen, aber ich verstummte. Wie konnte ich ihm die Wahrheit sagen?

»Ja, Schneid?«

»Nichts. Es tut mir leid.«

Ich legte auf.

Wie konnte sich ein Tag, der seit langem wieder richtig gut begonnen hatte, in solch ein Desaster verwandeln?

Ich stützte meinen bleischweren Kopf auf die Hände. Es drehte sich alles.

Das durfte alles einfach nicht wahr sein. Wie schon früher, war sie mir immer einen Schritt voraus.

Doch ich bekam keine Pause. Das herzlose Klingeln des Telefons prophezeite nichts Gutes. Es erinnerte mich an mein eigentlich schweres Vorhaben. Konnte es denn noch schlimmer werden? War das der richtige Zeitpunkt? Gab es einen richtigen Zeitpunkt, um seiner Frau zu sagen, dass man sie betrogen und jahrelang belogen hatte?

»Mirjam?«

»Hallo Schatz, woher weißt du denn, dass ich es bin, du hast doch gar keine Nummer-Erkennung an deinem Telefon?«

»Ich habe es gehofft.«

»Was ist los? Du hörst dich ja so traurig an.«

»Mirjam, ich muss dir was sagen.«

»Ja?«

»Ich habe dich betrogen.«

»Was?«

Mir kamen die Tränen und meine Stimme war schwach und vibrierte. Dennoch fühlte es sich so richtig und befreiend an.

»Mirjam, ich habe dich vor einigen Jahren betrogen und es dir nie gesagt. Es tut mir so unendlich leid, aber ich... ich hatte solche Angst dich zu verlieren, wenn ich es dir sagen würde.«

Sie schwieg.

»Mirjam, ich kann dir gar nicht sagen, wie sehr ich es bereue. Ich habe so oft versucht, es dir zu sagen.«

»Und du konntest keinen besseren Moment erwischen als jetzt? Ist das dein Ernst? Ist das mit Jana nicht schon schlimm genug, habe ich das wirklich verdient?«

Sie klang verletzt, wütend und traurig zugleich.

»Mirjam, ich... es ist vielleicht egoistisch, aber ich habe es einfach nicht mehr länger ausgehalten. Ich mache gerade viel durch und ich will einfach alles, was so nicht sein sollte... verändern. Und ich will dich nicht länger belügen.«

»Wie lange ist es her und wer war es?«

»Es war eine Kollegin, auf der Weihnachtsfeier... als ich so betrunken war. Als wir den großen Streit hatten.«

»Als du bei Oli geschlafen hast?«

»Ja.«

»Hast du sie wieder gesehen?«

»Nur beruflich.«

»War es nur das eine Mal?«

Ich überlegte und beschloss, nun alles auf den Tisch zu packen.

»Nein. Es ist noch einmal kurze Zeit danach passiert. Aber ich muss dir das in Ruhe erklären, Mirjam.«

»Ja. Lass uns ein anderes Mal weiter darüber reden. Ich muss jetzt nach Jana sehen.

»Mirjam, ich liebe dich. Du... verlässt mich doch nicht... oder?«

»Michael... ich... bin jetzt gerade sehr verletzt. Lass mir etwas Zeit. Ich muss jetzt. Tschüss.«

Sie legte auf.

Man sollte so etwas nicht am Telefon machen. Gerne hätte ich sie in den Arm genommen, wenn sie es zugelassen hätte.

Eine Welle der Erleichterung brachte etwas Gefühl in meinen tauben Körper zurück.

Gleichzeitig fühlte ich mich zerrissen und mein erster Impuls war, ins Auto zu springen und sofort zu ihr zu fahren. Doch das wäre jetzt auch nicht richtig. Sie brauchte vielleicht wirklich etwas Zeit.

Egal, wie es ausgehen würde, ob Mirjam mir verzeihen oder mich verlassen würde, ich war diese Bürde endlich los. Nun konnte ich endlich mit offenem Visier gegen Sabine kämpfen. Nach den neuesten Ereignissen war das auch bitter nötig.

Ich stand auf und ging zu dem Kästchen. Ich nahm den Zettel raus.

'Mirjam die Wahrheit über Sabine sagen.'

Es fühlte sich gut an, ihn zu zerknüllen. Ich warf ihn entschlossen in eine Ecke. Ich konzentrierte mich einzig auf dieses gute Gefühl, es endlich getan zu haben.

Es war eine Erlösung.

Für mich war es der Punkt, der mir am schwersten erschien. Nun, wo ich das geschafft hatte, sollten die anderen zwei ebenso zu bewerkstelligen sein.

Ich sah in das Kästchen. Da lagen meine anderen Sorgenkinder.

In Wahrheit gehörte bereits ein neuer Zettel hinein.

'Sabines Intrigen an die Oberfläche bringen' oder so...

Ich folgte einem Impuls und schnappte mir meine Jacke, zog meine Schuhe an und ging hinaus. Ich lief einfach die Straße entlang. Immer weiter und weiter. Ich ging über Landstraßen und Kuhwiesen, betrachtete Reetdächer und die schönen verklinkerten Häuser. Ich atmete tief durch und spürte, wie sich meine Stimmung hob.

Ich kam erst wieder zurück, als es schon nach Mitternacht war. Ich nahm mir ein Buch aus dem Bücherregal meiner Mutter und las es komplett durch. Es war Kafkas 'Die Verwandlung'.

Auch wenn ich es schon mindestens dreimal gelesen hatte, wählte ich es aus, weil auch ich eine Art Wandlung spürte. Allerdings war ich, anders als Gregor Samsa, lange genug eine schäbige Kakerlake gewesen und es war Zeit, wieder zum Mensch zu werden.

18

Am nächsten Morgen war die Luft kalt und ich zog mir meine Mütze tiefer ins Gesicht. Ich hatte Thomas schon von weitem am Ufer sitzen sehen.

Schweigend setzte ich mich zu ihm. Ich wollte nicht denselben Fehler, wie am ersten Tag machen und die potenzielle Beute vertreiben.

Er nickte mir zu und widmete sich dann wieder der Ferne. Ich hätte zu gerne gewusst, über was er nachdachte. Dachte er überhaupt über etwas nach? Oder war er in dem berühmt berüchtigten 'Hier und Jetzt', in dem ich mich so gut wie nie befand?

Ich nahm die Angel und spießte einen Wurm auf. Ein widerliches Gefühl, aber ich hoffte, vielleicht heute etwas zu unserem Abendessen beitragen zu können.

Ich warf die Angel aus.

Als wir so schweigend zusammensaßen, musste ich an Mirjam und Jana denken. Gerne wäre ich jetzt bei ihnen gewesen. Hoffentlich würde ich es je wieder sein. Ich hatte keine Ahnung, wie Mirjam meine Beichte verkraften würde.

Und schon wieder war ich nicht in diesem 'Hier und Jetzt'. Warum nur? Was hatte ich je durch solche Gedanken wirklich verändern können? Mein Denken hatte mir immer dann geholfen, wenn ich Entscheidungen treffen musste. Aber jetzt gab es doch nichts zu entscheiden. Es gab nichts abzuwägen. Es gab nur mich, die Angel und vielleicht einen Fisch. Warum nur schweiften meine Gedanken immer woanders hin? Waren nie da, wo ich war. Und schon wieder drehte es sich weiter, mein Gedankenkarussell. Ich dachte daran, wie ich mein Verhältnis zu meiner Tochter verbessern könnte. Auch diesen Zettel würde ich nur allzu gern zerknüllen. Aber wie sollte ich nur an sie herankommen?

Dann geschah es.

Meine Angel zuckte. Mit großen Augen sah ich Thomas an. Er grinste.

»Hab Geduld, momentan erforscht er den Köder, warte bis er wirklich zugebissen hat.«

Adrenalin schoss mir durch die Adern, ich war völlig fokussiert. Mit einem Schlag war ich ganz und gar im 'Hier und Jetzt'. Als der Schwimmer rasant nach unten abtauchte, schlug ich an und hatte ihn am Haken. Meine Angel bog sich dramatisch.

»Und jetzt?«

Ich blickte fragend zu Thomas.

»Halte ihn gut fest und hol ihn langsam ein. Mit Gefühl. Wenn er zu dir herschwimmt, hol die Schnur ein, wenn er von dir wegschwimmt, halte ihn, versuche nicht, ihn mit Gewalt einzuholen. Du willst ja nicht, dass die Schnur reißt oder der kleine Kamerad seinen Unterkiefer verliert.«

Ich tat, was er sagte, und holte den Fisch langsam ein. Als ich ihn aus dem Wasser hatte, reichte mir Thomas den Kescher und dann den Knüppel. Er bedeutete mir, den Fisch damit auszuknocken, um sein Leiden nicht unnötig zu verlängern. Ich tat es. Er tat mir leid, es war brutal. In so einem Moment merkte man erst, was es bedeutete, Tiere zu verzehren. Wir sind uns dessen heute kaum noch bewusst, da wir unser Fleisch, unsere Wurst und unseren Fisch einfach überall fertig kaufen können. Wir müssen die Tiere nicht töten. Wir müssen nicht einmal zusehen. Ich glaube, darum haben wir auch den Bezug zu den Tieren verloren und sprechen von Nutzvieh. Dabei waren es Tiere. Lebewesen. Viele schmeißen ja auch Essen einfach weg, nur weil sie satt waren oder schlicht, weil sie zu viel eingekauft hatten oder weil das Mindesthaltbarkeitsdatum überschritten war, obwohl es noch lange genießbar gewesen wäre. Außerdem will man ja lieber immer etwas 'Frisches'. Thomas hatte so Recht, wenn er sich bedankte und nur so viel nahm, wie er benötigte. Wie oft ertappte ich mich selbst, wenn ich im Supermarkt viel mehr kaufte, als ich eigentlich brauchte, aus Angst später oder am nächsten Tag noch einmal loszumüssen.

Eigentlich ein Schwachsinn. Mirjam hatte das oft bemängelt, aber mir wurde erst jetzt, als ich diesem kleinen Geschöpf auf den Kopf hauen musste, wirklich bewusst, was es bedeutete.

»Gut gemacht. Das ist ja ein relativ Großer. Wenn ich auch so einen fange, dann haben wir unser Abendessen für heute. Was meinst du?«

Ich nickte und packte meinen Fisch in die Angelkiste.

»Nun, und wenn wir nichts mehr fangen, dann teilen wir eben meinen hier. Ein bisschen mehr Beilagen und wir werden locker satt.«

Thomas blickte mich fragend an, als wäre es eine große Überraschung, etwas so Banales und gleichermaßen sehr Vernünftiges aus meinem Munde zu hören. Aber dann nickte er mit einem zufriedenen Lächeln und blickte wieder auf die See hinaus.

Erneut schnappte ich mir einen Wurm und warf die Rute aus.

Nach ein paar Minuten war ich wieder mit meinen Gedanken bei Jana. Die einzige Möglichkeit, ihr wieder nahe zu kommen, war wahrscheinlich, ihre Wünsche zu respektieren. Wenn sie mich nicht dahaben wollte, musste ich eben fern bleiben. Wenn sie wieder etwas Nähe erlauben würde, musste ich versuchen, langsam und sachte mit ihr ins Gespräch zu kommen. Sie langsam einzuholen, um nichts kaputt zu machen.

Es dauerte eine Weile, aber dann hatte auch Thomas einen Fisch an der Angel.

Es war die gleiche Prozedur wie immer. Er holte ihn ein, tötete ihn schnell und bedankte sich für den Fang. Es hatte etwas Mystisches, etwas Mitfühlendes, fast so, als sei er mit dem Fisch verbunden.

Wir packten ein und fuhren nach Hause.

»Heute Abend machen wir bei mir Rührei mit Fisch, was hältst du davon? Eine schöne Scheibe Schwarzbrot dazu... so richtig norddeutsch. Ich hab auch noch ein paar Nordseekrabben von meiner Nachbarin. Die können wir gut unter das Ei mischen.«

»Ja sehr gerne. Hört sich gut an. Meine Mutter machte auch oft Krabben-Rührei.«

»Gut. Dann haben wir das ja geklärt. Übrigens sind die Eier aus meinem eigenen Stall.«

»Wie sollte es auch anders sein«, dachte ich für mich selbst.

»Ok, bis später dann.«

»Ja, bis später, ich freue mich.«

Ich freute mich wirklich. Nicht nur, weil uns ein leckeres Abendessen bevorstand, sondern weil ich hoffte, neue Ideen von Thomas für mein Konzept zu bekommen. Auf der Fahrt zu ihm zuckten meine Gedanken um

Jana, um Mirjam, um mein Konzept, um Sabine und um die MaschBa wie Blitze durch meinen Kopf. Ich konnte mich auf keines dieser Themen richtig konzentrieren. Doch als ich das Haus von Thomas betrat, verschwanden sie nach und nach. Irgendetwas war besonders an dem Haus. Eine Art von Geborgenheit und Ruhe umgab mich. Oder lag es an Thomas?

»Du kannst dich ruhig umsehen, Michael. Aber bitte nicht in den Schränken, da würde dir nur alles entgegenkommen«, sagte Thomas und lachte dabei. Er band sich eine Schürze um und verschwand in der Küche.

Es war ein altes Haus. Große Räume mit Holzdecken, ein Kamin im Wohnzimmer, viele alte Möbel, fast alles war aus robustem gutem Holz. Es sah aus, als stünde es schon seit Ewigkeiten unbewegt in den Räumen.

Wenn man das Wohnzimmer betrat, fiel auf, dass nirgends ein Fernseher stand. Die ganze Aufmerksamkeit richtete sich auf das raumhohe Bücherregal.

Es war riesig und ich konnte nicht umhin, die Buchrücken durchzulesen.

Neben den Werken älteren Datums von Homer, Lao-Tse, Hermann Hesse, Khalil Gibran, Hegel und Antoine de Saint-Exupéry fand ich auch Jorge Bucay, René Egli, Karl Friedrich von Dürckheim, Richard David Precht und Eckhart Tolle. Eigentlich fand man so ziemlich alles. Einige der Bücher standen auch in Mirjams Bücherschrank. Bei dem Gedanken an sie und Jana zog sich mein Unterleib zusammen. Ich lenkte mich ab, indem ich mich wieder dem Regal widmete.

In einer Ecke sah es so aus, als fände man nur Literatur aus seinem Metier. Die Werke klangen allesamt wichtig und umfassend: Business Reengineering, Die Kunst des Krieges, Implementierungsmanagement, Kaizen, Projektmanagement, Lean Management, Gesundheitsmanagement, Leadership. Strategieentwicklung, Shareholder Value, Changemanagement, Innovative Talentstrategien...

Wow, hatte er dieses geballte Wissen etwa alles in seinem Kopf?

Ich nahm eines aus dem Regal und blätterte darin. Bei einer Überschrift musste ich zweimal auf den Autorennamen schauen. Konnte es sein, dass Thomas selbst der Autor war? Auf der anderen Seite war 'Thomas' jetzt nicht gerade ein seltener Vorname. Dennoch hatte ich so eine Ahnung.

Ich setze mich aufs Sofa und fing an darin zu lesen:

Unternehmen basieren auf funktionierenden Strukturen, Prozessen und IT-Systemen - und Menschen! Die körperliche, geistige und seelische Gesundheit der Mitarbeitenden und der Führungskräfte sind ein entscheidender Motor für den Erfolg und die Wirtschaftlichkeit eines Unternehmens. Vor dem Hintergrund des demografischen Wandels wird es immer wichtiger, die richtigen Mitarbeitenden zu gewinnen, zu entwickeln und zu binden - ja besser noch, für das Unternehmen zu begeistern. Es ist jedoch eine traurige Tatsache, dass Krankheit, Demotivation, innere Kündigung, schlechtes Betriebsklima, Mobbing, Verlust von 'High-Potentials', mangelnde

Innovationskraft etc. massiv zunehmen und der Wirtschaft dadurch Milliarden Euro verloren gehen. Anstatt sich immer wieder auf die Strukturen, Prozesse und die IT zu fokussieren, müssen Unternehmen das Potenzial der Menschen entfalten und alles tun, um die Leistungsfähigkeit und die Leistungsbereitschaft der Belegschaft zu steigern. Hier liegt der größte Hebel.

Es musste von 'meinem' Thomas sein.

Mittlerweile klang das alles so logisch und vertraut, dass ich nicht begreifen konnte, dass ich nicht schon selbst darauf gekommen war.

Ich wollte gerade weiterlesen, als Thomas aus der Küche rief:

»Michael, willst du lieber Roten oder Weißen?«

»Ich würde wieder Weißen nehmen. Danke.«

»In fünf Minuten wäre das Essen so weit.«

Ich warf noch einen kurzen Blick auf die folgenden Kapitel. Immer wieder las ich etwas von H2B, doch kam ich nicht mehr dazu, herauszufinden, was es bedeutete, da Thomas mit den Tellern klapperte und ich das dringende Bedürfnis verspürte, ihm zu helfen.

Also stellte ich das Buch wieder ins Regal und begab mich in die Küche.

Das Essen schmeckte wieder wunderbar. Und die Vorstellung, dass nichts von diesem Essen eine Fabrik von innen gesehen hatte, es nicht vielfältig bearbeitet und mit Zusatzstoffen versehen wurde oder gar aus der

Massentierhaltung kam, machte mich irgendwie zufrieden. Vielleicht schmeckte es deshalb auch so gut?

Nach dem Essen setzten wir uns an den Küchentisch. Es war gemütlich. Thomas hatte Musik angemacht und es liefen alte Klassiker.

»Sag mal, ist das eine Buch da von dir?«, fragte ich ganz unverblümt.

»Welches von denen? Da sind ein paar von mir.«

»Oh, gratuliere. Vielleicht kann ich mir ja mal eins ausleihen?«

»Ja, gerne. Aber erst, wenn du dein Konzept entwickelt hast. Ich will nicht, dass du zu sehr beeinflusst wirst.«

Wir redeten noch eine Weile über diverse Bücher, die sein Regal schmückten. Die Musik im Hintergrund lief leise.

Zu Frank Sinatras 'Fly me to the moon' musste ich mein Glas leider auf einen Schluck austrinken.

»Holla, Michael, jetzt legst du aber Tempo vor. Darf ich dir nachschenken?«

Thomas lachte und griff nach der Flasche.

»Entschuldigung. Es ist nur... es ist nur das Lied.«

Thomas sah mich an. Er wollte eine Ausführung. Natürlich wollte er das, so schlecht war das Lied schließlich nicht, dass man sich deswegen gleich betrinken musste.

»Es war das Hochzeitslied von meiner Frau und mir.«

»War?«

»Naja, ist es immer noch, aber...«

Thomas sah mich erneut mit dem gleichen fragenden Blick an.

Ich schluckte und wich seinem Blick aus.

»Nun... ich habe ihr heute gestanden, dass ich sie vor Jahren betrogen hatte.«

Komisch.

All die Jahre hatte ich es immer für mich behalten. Und plötzlich erzählte ich diese Untat gleich zwei Menschen an einem Tag. Es war eigentlich ganz leicht.

Thomas stellte die Flasche wieder ab und sah mich bedrückt, aber auch mitfühlend an.

Nach einer kurzen Pause fragte er:

»Am Telefon etwa?«

Ich stieß einen Seufzer aus. Mir war klar, dass das nicht der beste Weg war, aber welche Wahl hatte ich denn gehabt? Hätte ich noch länger gewartet, hätte es mich entweder aufgefressen, dieses miese Gefühl von Schuld oder ich hätte womöglich wieder einen Rückzieher gemacht, wenn ich sie in ihrer moralischen Perfektion vor mir gesehen hätte.

»Ich bin froh, dass ich es überhaupt gemacht habe. Jahrelang habe ich es versucht und einfach nie übers Herz gebracht. Ich liebe sie und ich habe solche Angst sie zu verlieren.«

»Sie wird dir verzeihen.«

Da war er. Er lächelte mich an und sagte einfach so den einen Satz, den ich mir selber nur allzu gerne einreden würde. Wie konnte er das denn sagen? Was wäre, wenn sie mir nicht verzieh?

»Woher willst du das denn wissen? Du kennst sie doch gar nicht.«

»Du bist ein guter Mensch Michael. Fehler passieren nun mal. Jedem von uns. Und wie du gesagt hast, seid ihr schon sehr lange zusammen. So etwas schmeißt man nicht weg. Es wird repariert. Wie ein altes Möbelstück. So, wie du deine Frau beschrieben hast, lebt sie ein sehr gesundes und auch spirituelles Leben. Ein solcher Mensch wirft nichts weg, was noch zu gebrauchen ist.«

Er schenkte mir mein Glas ganz voll.

»Nimm einen Schluck. Du hast das Richtige getan. Nun gut, meiner Meinung nach hätte das nicht übers Telefon gemacht werden sollen, aber das ist eine andere Sache.«

»Willst du gar nicht wissen, wieso?«

»Was denn Michael?«

»Wieso ich sie betrogen habe?«

»Ach papperlapapp, wieso... Naja, sie wird wohl hübsch gewesen sein und in jeder Ehe gibt es Phasen, die einmal an einem tieferen Punkt sind... und wie es dann so kommt, vielleicht auch noch Alkohol im Spiel, das Übliche eben. Ich bitte dich. Du brauchst dich vor einem Mann in meinem Alter doch nicht zu rechtfertigen.«

»Aber es ist ja noch viel schlimmer. Diese Frau, ihr Name ist Sabine, sie hat mich terrorisiert. Sie hat mich erpresst und jetzt gerade im Moment sitzt sie in meinem Büro und hetzt meinen Chef gegen mich auf. Mein Leben gleicht quasi einem Scherbenhaufen.«

»Oh, das klingt in der Tat übel. Wie konnte diese Frau denn in dein Büro gelangen?«

Ich erzählte ihm die ganze Geschichte.

19

Nach dem Treffen im L'Amour fou hörte ich ungefähr eine Woche gar nichts von Sabine. Sie schien wirklich verstanden zu haben, dass ich es ernst meinte. Nach einer Woche führten wir ein geschäftliches Telefonat, welches erstaunlich gut verlief. Langsam wagte ich wieder zu hoffen, dass dieser Spuk vorbei sei.

Ein paar Wochen später sagte mir Mirjam, dass es erneut solche Anrufe gegeben hatte. Diesmal hatte jemand allerdings alle zehn Minuten bei uns angerufen, ohne sich zu melden. Er oder sie atmete lediglich in den Hörer.

Ich dachte natürlich sofort an Sabine.

Mirjam war fix und fertig und meinte, ob wir vielleicht unsere Nummer ändern lassen sollten. Ich willigte ein. Ich war mir der Konsequenzen nicht bewusst.

Ein paar Tage, nachdem unsere Nummer geändert wurde, rief Sabine in meinem Büro an. Sie war wutentbrannt und schrie mich an.

»Wie konntest du es wagen? Du kannst mich nicht einfach so aus deinem Leben ausgrenzen, Michael!«

»Wie bitte? Sabine, du hast mir versprochen, dass du damit aufhörst. Warum lässt du es denn nicht endlich gut sein?«

»Ich soll es gut sein lassen? Hier ist gar nichts gut. Wenn du dich nicht heute Abend mit mir triffst, sag ich es deiner Frau.«

Ich zögerte einen Moment.

»Ich habe ihr alles gesagt, Sabine. Du hast nichts in der Hand.«

Doch sie durchschaute meinen Trick.

»Gut, dann ist es ja noch einfacher für mich. Ich fahr gleich zu ihr und rede mit ihr über unsere gemeinsame Zukunft.«

»Halt... Sabine... jetzt überstürz doch nichts. Was für eine gemeinsame Zukunft?«

»Unsere. Ich kann einfach nicht aufhören, an unsere Nacht zu denken. Ich muss dich sehen. Bitte. Ich bin in der Nähe. In einer kleinen Appartementanlage.«

»Sabine, das muss aufhören. Ich kann so nicht mehr weitermachen.«

»Ich auch nicht!!!«

Sie schrie ins Telefon. Sie war völlig aufgelöst.

»Ok, ich komme vorbei...«

Ich stand um 20 Uhr vor ihrer Tür. Ich konnte nicht fassen, dass ich hier war.

Sie öffnete. Sie hatte sich zurecht gemacht. Sie sah noch verweint aus, hatte aber viel Make-up aufgelegt, um es zu vertuschen.

Ich setzte mich auf ihre Couch. Sie brachte mir ein Glas Wein.

»Nein, danke.«

Enttäuscht stellte sie es auf dem Couchtisch ab und nippte an ihrem Glas.

»Sabine, was willst du?«

»Ich möchte noch einmal eine Nacht mit dir verbringen.«

Sie sagte es so, als würde sie mich darum bitten, eine Glühbirne zu wechseln. Ich war fassungslos. Ich stand auf und wollte in Richtung Tür gehen.

»Wenn du es nicht tust, sage ich es deiner Frau. Und nicht nur das. Ich werde auch Jana sagen, wie ihr Vater tickt.«

»Das ist nicht dein Ernst. Lass verdammt noch mal meine Familie aus dem Spiel.«

»Nur eine Nacht, Michael. Dann gebe ich dich frei. Für immer. Ich verspreche es.«

»Auf deine Versprechen kann man nichts geben, das weiß ich schon. Und ich bin frei.«

»Nein, bist du nicht. Du bist ein jämmerlicher Versager, der es nicht schafft, seiner spießigen Frau zu sagen, was er für ein Arschloch ist. DU bist nicht frei. Du bist gefangen in deinem eigenen Lügennetz. Und jetzt solltest du sehen, wie du da wieder herauskommst, bevor du dich mit deinem Faden selbst erdrosselst.«

Ich sah in ihre kalten Augen. Sie hatte etwas derartig Böses in sich, dass ich es nicht lange aushielt, sie anzusehen. Mein Körper bebte. Eben fühlte ich mich noch stark und wollte gehen. Doch plötzlich schossen mir Tränen in meine Augen. Irgendwie hatte sie ja Recht. Ich war viel zu feige, um Mirjam die Wahrheit zu sagen.

Sabine stand auf. Und schon hatte sie wieder etwas ganz Sanftes und Weiches in den Augen.

Wie konnte sich ein Mensch derartig verändern?

Und das innerhalb Sekunden?

Sie kam zu mir und stellte sich hinter mich. Sie massierte meinen Nacken und flüsterte in mein Ohr.

»Eine Nacht. Es ist nur eine Nacht. Meinst du nicht, du schaffst das? Für deine Familie, für deine Freiheit? Komm schon, es gibt Schlimmeres.«

Es war wieder dieser verführerische Duft, der mich trotz ihrer Unberechenbarkeit zu verführen schien. Ihre

Brüste drückten sich wohlig an meinen Rücken, als sie mich umarmte.

Es war eine Ewigkeit her, dass Mirjam und ich uns das letzte Mal liebten.

Was machte ich denn da?

Ich befreite mich aus ihrem Griff und verfolgte meinen Weg weiter zur Tür. Doch sie kam mir zuvor. Sie sprang vor mich und küsste mich unvermittelt auf den Mund.

Für einen Moment wehrte ich mich, doch meine Wut und meine Angst paarten sich mit dem Verlangen nach ihr und der Lust in meinen Lenden. Dann ließ ich es zu.

Ich ließ alles zu. Ich ließ es einfach geschehen.

Ich hatte keine Ahnung warum, aber ich prostituierte mich in der Hoffnung, dass sie danach aufhören würde. Dass ich zu so etwas fähig wäre, hätte ich nie gedacht.

Und obwohl ich sie hasste, begehrte ich sie immer noch.

Ich schrieb Mirjam eine SMS, dass ich im Büro übernachten würde, weil ich noch etwas fertig machen müsse.

Am nächsten Morgen machte mir Sabine Frühstück. Ich nahm nur eine Tasse Kaffee. Sie schien glücklich. Wir redeten kaum.

»Ich muss jetzt ins Büro.«

»Mhm.«

»Sabine, du hast bekommen, was du wolltest. Hältst du dein Versprechen jetzt?«

»Natürlich. Das habe ich doch gesagt, oder?«

Ich sah sie nachdenklich an. War sie wahnsinnig? War ich es?

Ich war es auf jeden Fall

20

Ich hatte Thomas an diesem Abend alles von Sabine erzählt. Er war ebenso erstaunt wie ich, als ich den ganzen Wahnsinn formulierte. Bisher hatte sich das alles nur in meinem Kopf abgespielt. Es endlich jemandem zu erzählen, all die Psychospiele beim Namen zu nennen, war merkwürdig. Mir schien, als würde ich eine völlig absurde Geschichte erzählen.

Doch Thomas verurteilte mich nicht, hielt mir keine Moralpredigt und machte mir keine Vorwürfe. Das schätzte ich sehr.

Ich lag noch eine ganze Weile wach und dachte über meine Probleme nach. Über alles, was ich falsch gemacht hatte. Wie jene zweite Nacht, die ich mit Sabine verbrachte. Wie konnte ich mich nur dazu überreden lassen? Ich wusste es einfach nicht mehr. Wenn ich an den Michael von jenem Abend dachte, wirkte er wie ein fremder Mensch. Er hatte nichts mit mir zu tun.

»Scherben können auch etwas Positives sein«, hatte Thomas gesagt.

»Nicht mein Scherbenhaufen«, antwortete ich ihm.

»Scherben können nicht nur verletzten, sie können auch etwas schönes Neues ergeben.«

Mir fiel nichts ein, was an Scherben schön sein könnte. Scherben waren ein Zeichen für Schmerz, für Zerstörung, für Trümmer. Genau wie meine Welt. Sie lag zerbrochen vor mir.

»Manchmal muss erst etwas kaputt gehen, damit du die eigentliche Bestimmung, das ganze Potential und die wahre Schönheit von dem erkennen kannst, was dahinter liegt, um was es eigentlich geht. In der indischen

Mythologie beispielsweise steht Shiva für das positiv Zerstörende. Erst muss man den Acker aufbrechen, um den Samen einzubringen, aus dem etwas Neues entstehen kann.

Oder nimm ein Kaleidoskop. Du hattest doch bestimmt als Kind eines. Wie viele wundervolle Bilder können aus den einzelnen bunten Scherben entstehen? Je nachdem, wie du sie zusammensetzt, wie du sie drehst und hältst, ergeben sie etwas ganz Wunderbares.«

Diese Worte, die Thomas mir an diesem Abend mit auf den Weg gab, waren der Anfang meines persönlichen Kaleidoskops. Der Tag hatte mir in den verschiedensten Bereichen einen Anstoß zum Handeln gegeben. Ab sofort würde sich etwas verändern, das spürte ich.

Als ich nach Hause gekommen war, ging ich zu dem Schmuckkästchen und klebte den kleinen Mosaikstein wieder an. Ich klebte ihn falsch herum auf. Er sollte mich immer an meine Verzweiflung erinnern, wenn ich ihn ansah. Aber er sollte nicht fehlen. Nur mit diesem kleinen Glassteinchen ergab es ein Ganzes. Jedes einzelne Steinchen hatte vielleicht seine ganz eigene Geschichte.

Ich konnte nicht schlafen. Also setzte ich mich an meinen Rechner und arbeitete weiter an meinem Konzept.

Ich sah mir wieder meine drei Unterpunkte an:

nicht können

nicht wollen

nicht dürfen

Mir fiel plötzlich ein, was Mirjam immer sagte, dass der Mensch ein Dreiklang aus Körper, Geist und Seele sei und dass nur, wenn alle Bereiche in Ordnung seien, es dem Menschen gut gehen könne. Denken, Fühlen und Handeln zeichnete den Menschen aus, sagte sie immer.

Ich überlegte mir, ob man diesen Dreiklang auch auf eine Firma anwenden könnte. Übertragen betrachtet mussten Unternehmen gesunde Verhältnisse erschaffen, in denen sich die Mitarbeitenden 'gesund' verhalten konnten, um eben einhundert Prozent Leistung erbringen zu können, zu wollen und zu dürfen.

Das klang eigentlich logisch, oder?

Etwas in mir sagte mir, dass dies die Basis meines Konzeptes sein würde:

Eine ganzheitliche Sichtweise, sowohl auf die Menschen als auch auf das Unternehmen. Nur mit dem Blick fürs Ganze konnte man auch das ganze Potential von etwas nutzen. Alles andere war Flickschusterei. Es war wie beim Essen, was nützten gute Zutaten, wenn die Komposition der Gewürze nicht stimmte, oder Zutaten und Gewürze passten, es aber verkocht war oder eine Zutat zu massiv herausschmeckte? So musste es auch in einem Unternehmen sein. Mitarbeitende und Unternehmen mussten irgendwie zu einer Einheit werden, wie ein gutes Gericht.

Plötzlich fiel mir ein, dass mir Thomas beim Angeln sagte, ich solle mal nach einer Studie im Internet suchen: 'Die zehn größten Business-Killer und dreißig Maßnahmen zur Vermeidung' oder so... Ich suchte und fand es auch. Mit Spannung las ich die Studie. Auch diese Studie befasste sich mit den Menschen im Unternehmen. Schnell fand ich auch noch andere, ähnliche Studien. Sie kamen alle von 'Scientific Consulting Partners'. Von denen hatte ich zwar noch nichts gehört, beschloss aber, mich mit dieser Firma später noch einmal auseinanderzusetzen. Doch jetzt galt es, mein eigenes Konzept zu entwickeln. Ich wollte mich gar nicht mehr von anderen beeinflussen lassen. Thomas gab mir gerade so viel, um selbst auf logische Ideen zu kommen. Das war viel spannender, als einfach etwas abzukupfern. Was also musste man tun, um die Menschen im Unternehmen mehr in den Mittelpunkt zu rücken? Wo sollte man anfangen? In verschiedenen Fachzeitschriften, Artikeln und bei Konferenzen hörte man immer viele tolle Maßnahmen, die gut angekommen waren. Die einen machten Führungskräfte-Trainings, die anderen initiierten Gesundheitstage mit Krankenkassen, die nächsten gingen in den Klettergarten zum Teambuilding oder setzten auf gutes Employer Branding, um die besten Mitarbeiter zu gewinnen. Und andere schworen auf Fitness, auf Laufgruppen, auf Ernährungsseminare, auf Wissensmanagement, auf betriebliches Vorschlagswesen oder auf Tage der offenen Tür.

Und was davon sollten wir bei der MaschBa GmbH tun? Wenn es etwas bringen sollte, mussten wir zuerst analysieren, an welchen Ecken es tatsächlich klemmte.

Das konnte ja auch von Standort zu Standort, Bereich zu Bereich oder Abteilung zu Abteilung unterschiedlich sein.

Verbesserungswürdig wären auch so manche Posten von Sekretärinnen, fiel mir so ganz spontan ein. Mich interessierte brennend, welche Lügen Sabine bei Stein über mich verbreitet hatte. Ich musste sie ein für alle Mal loswerden.

Ich dachte an unsere Firma. Mir fiel ein, dass viele meiner Kollegen über Kopfschmerzen klagten, die vom Flackern der Neonröhren käme. Wäre das nicht vielleicht schon ein kleiner verbesserungswürdiger Punkt? Mitarbeitende ohne Kopfschmerzen brachten sicherlich mehr Leistung. Aber konnte es so einfach sein? Und wie ließ sich messen, welche Maßnahmen erfolgreich waren und welche nicht?

Ich notierte mir auf einem Zettel das Stichwort 'Neonröhren'.

Und fuhren nicht auch viele meiner Kollegen in die Stadt zum Mittagessen, weil ihnen das Kantinenessen nicht schmeckte und verschenkten somit mindestens dreißig Minuten ihrer Pausenzeit, die sie doch zum Regenerieren brauchten? Zeit, in der sie entspannen, einen kurzen Spaziergang machen oder sich mit Kollegen unterhalten könnten?

Mir schmeckte das Essen in der Kantine auch nicht.

Außerdem war es dort unangenehm laut und man roch noch stundenlang nach Essen.

Man ist, was man isst, sagte Mirjam immer. Besonders, wenn ich mir einen fetten Burger genehmigte. Bei dem Gedanken wurde mir schwer ums Herz. Mirjam.

Ich verdrängte meine Gefühle und konzentrierte mich wieder auf meine Überlegungen.

Wo war ich stehen geblieben?

Essen. Kantine.

Durch eine längere Pause, gesundes, schmackhaftes Essen wären die Mitarbeiter bestimmt motivierter. Wäre ich es? Ich denke schon.

Langsam wurde mir klar, wie Thomas das alles meinte und wie man eventuell vorgehen könnte. Man musste seine Firma natürlich erst einmal analysieren. Welche Punkte konnte ich zum physischen Wohl unserer Mitarbeiter anbringen?

Das waren schon mal zwei. Wie sah es mit Sport aus? Beschwerten Ben und ich uns nicht immer, dass es so nervig sei, im Fitness-Club immer Schlange stehen zu müssen und nie einen Parkplatz zu finden?

Könnte man nicht ein firmeneigenes Sportstudio eröffnen oder zumindest regelmäßig Kurse anbieten? Vielleicht könnten wir mit anderen Firmen in der näheren Umgebung eine Kooperation vereinbaren und gemeinsam ein Fitness-Studio betreiben. Dann wäre das Publikum auch gemischt. Wer wollte schon ausschließlich seine Kollegen oder Chefs beim Sport sehen?

Ich tippte alles in mein Notebook.

Wären Mitarbeitende, die das Gefühl hatten, dass sich ihr Unternehmen um sie kümmerte, nicht auch bereit, sich um das Unternehmen zu kümmern? Ein Geben und Nehmen? So sollte es doch sein. Aber die Realität sah eben oft anders aus. Viele Mitarbeitenden fühlten sich ausgenutzt. Die Bosse fuhren alle Prämien ein und scheffelten das große Geld und der kleine Mann fühlte sich schlecht, wenn er mal krank war, weil ihm eingeredet wurde, dass seine Arbeit von niemandem übernommen werden konnte oder wenn er zuhause blieb, schief beäugt wurde, ob er nun wirklich so krank sei oder ihm nichts am Wohl der Firma läge. Wen wunderte es dann, dass viele frustriert waren und auf Sparflamme arbeiteten oder im schlimmsten Fall ihre Zeit nur absaßen?

Das Wort 'Präsentismus' von Thomas kam mir wieder in den Kopf.

Litt mein Standort an Präsentismus? War ich ein schlechter Standortleiter? Hätte ich das schon früher erkennen müssen? Wieso hatte ich nie darüber nachgedacht? Wieso hatte ich mich nie selbst in Frage gestellt?

Ich tippte weiter. Ganz klar mussten auch die Standortleiter überprüft werden, also auch ich. Waren wir auf dem neuesten Stand? Wie sah es mit unseren Führungskompetenzen aus?

Ein 360°-Feedback, bei dem die Mitarbeiter auch ihren Chef beurteilten und zusätzlich auch die Kunden und Lieferanten mit einbezogen wurden, hatte ich immer gescheut. Wahrscheinlich aus Angst vor dem Ergebnis. Aber damit sollte Schluss sein. Zuerst musste ich Transparenz schaffen und herausfinden, wo die Ursachen für die Probleme lagen, dann könnte ich mir überlegen, was ich dagegen tun konnte. Ich tippte noch bis zum Morgengrauen

21

Als ich am Abend nach Hause kam, war Mirjam misstrauisch. Sie verstand nicht, wieso ich im Büro übernachtet hatte. Sie fragte mich aus. Doch ich hielt ihrer Durchlöcherung stand. Zum Schluss hatte ich es so hingedreht, dass sie sauer war, dass mich die MaschBa so ausnützen würde und sie eigentlich Mitleid mit mir hatte.

Es gab keinen anderen Moment in meinem Leben, an dem ich mich schäbiger gefühlt hatte. Ich war wohl der mieseste Ehemann, den es gab.

Aber ich hoffte, dass es das wert gewesen sei und mich Sabine nun wenigstens in Ruhe lassen würde.

Eine Woche später, als ich langsam wieder lernte, mich normal zu fühlen und mein mieses Verhalten weiter wegrückte (ich hatte ja langsam Übung im Verdrängen) rief sie wieder an. Erst dachte ich, es sei rein geschäftlich, doch kurz bevor ich auflegen wollte, sagte sie:

»...ich vermisse dich, Michael.«

»Frau Briest, ich muss jetzt Schluss machen, ich habe gleich noch ein Meeting«, sagte ich betont förmlich, weil ich einfach nicht darauf eingehen wollte.

»Ich liebe dich.«

Ich legte einfach auf. Mein Herz fühlte sich so an, als würde es jeden Moment einen todbringenden Krampf erleiden. Es pochte wie wild.

Insgeheim wusste ich, dass es idiotisch war zu glauben, sie würde aufhören. Ich wusste, dass sie verrückt war und doch hatte ich mich an diesen kleinen, brüchigen Strohhalm geklammert, der mich erlösen sollte.

Doch in Wahrheit hatte es wahrscheinlich alles noch verschlimmert.

Der Krampf blieb aus und auch diesen Tag überlebte ich irgendwie. Mein Gewissen brachte mich schier zur Verzweiflung. Sollte ich es Mirjam jetzt einfach - verdammt nochmal - sagen? Ich könnte ein für alle Mal einen Schlussstrich ziehen. Sabine hätte nichts mehr gegen mich in der Hand.

Der nächste Tag war ein Samstag und wir wollten seit langem mal wieder einen richtigen Familienausflug machen. Jana war gerade elf geworden.

Wir wollten an den Bodensee und ihr die Insel Mainau zeigen, Tretboot fahren und viel Eis essen. Es sollte ein schöner Tag für die Familie werden, den man lange in Erinnerung behielt.

Und es war auch ein wirklich schöner Tag. Meine Sorgen hatte ich fast gänzlich vergessen. Damals hatte ich mich gefragt, warum ich mir solche Tage nicht viel öfter gönnte. Mir und auch der Familie.

Kurze Auszeiten. Kein langer Urlaub. Einfach kleine Oasen der Ruhe mitten im Alltag.

Wir hatten diesen Tag alle in Erinnerung behalten, ich allerdings vor allem wegen dem, was ich sah, als wir am Abend zurückkehrten.

Als unser Auto in die Einfahrt bog, sah ich bereits, dass irgendetwas an unserem Kirschbaum im Vorgarten hing. Das Dämmerlicht gewährte mir keine Klarheit über das Objekt.

Mirjam und Jana schliefen. Das war gut so, denn ich glaubte, einen roten Herzluftballon zu erkennen.

Ich parkte den Wagen und sagte, dass ich mich um unsere Taschen und Mitbringsel kümmern würde und sie

ruhig schon hinein gehen könnten. Ich versuchte so ge-
lassen wie möglich zu wirken. Als sie im Haus waren,
rannte ich zu dem Luftballon, riss ihn vom Baum und
rannte zu meinem Auto zurück. Ich warf ihn in den Kof-
ferraum. Für einen Moment vergaß ich zu atmen. Ihn
platzen zu lassen, hätte vermutlich zu viel Aufmerksam-
keit auf mich gezogen. Ich musste ihn wohl oder übel bis
Montag hier drin lassen. Kurz bevor ich den Koffer-
raumdeckel schloss, sah ich, dass auf dem Ballon etwas
geschrieben stand: 'Sabine & Michael forever'.

Hoffentlich hatte es keiner der Nachbarn gesehen.
Vielleicht sollte ich es Mirjam lieber zeigen und so tun,
als hätte ich keine Ahnung, was das sollte. Ich könnte
ihr natürlich auch die Wahrheit sagen. Vielleicht hatte
es ja auch niemand gesehen. Die Menschen waren doch
sowieso alle nur mit sich selbst beschäftigt und liefen
blind durch die Gegend.

Ich musste mit ihr reden. Gleich Montag.

22

Als ich nach dieser produktiven Nacht ins Bett ging, plante ich, nicht vor Mittag aufzustehen. Doch leider störte mich das Klappern von Geschirr am Morgen.

Das Klappern von Geschirr?

Ich schreckte hoch. Jemand war in meinem Haus.

Vorsichtig zog ich meine Decke zur Seite und schlüpfte in meine Hausschuhe. Auf leisen Sohlen schlich ich in Richtung Küche, von wo die Geräusche kamen.

Hatte Sabine es etwa gewagt, hierher zu kommen?

Mein Herz schlug wie wild. Ich wusste nicht, was ich ihr antun würde, stünde sie jetzt in meiner Küche.

Vorsichtig und ohne einen Mucks zu machen, selbst das Atmen hatte ich seit einigen Sekunden eingestellt, lugte ich um die Ecke.

Meine Augen erblickten das Wohltuendste, das es in diesem Moment für mich geben konnte.

Rotblonde Locken.

Es war Mirjam. Ich ließ einen Seufzer der Erleichterung los.

»Mirjam, was... ich dachte schon, es wäre...«

Mirjam kam Widererwarten zu mir und umarmte mich. Ich war überrascht, damit hatte ich nicht gerechnet. Ich hielt sie fest in meinen Armen. Fast hätte ich sie erdrückt, so kam es mir vor. Es fühlte sich so gut an. Verdammt gut. Ich atmete tief durch.

Sie war wirklich hier. Und sie umarmte mich. Das war gut.

»Schatz, ich bin so froh, dass du hier bist. Ich... ich habe dir so viel zu sagen. Es tut mir unendlich leid.«

Mirjam legte ihren Zeigefinger auf meine Lippen. Sie sah mir tief in die Augen. Dann küsste sie mich.

Ich erwiderte ihren Kuss, ohne zu wissen, wieso ich ihn verdient hatte.

Während sie wieder zu ihrer Teetasse ging, um das nun sprudelnde Wasser hineinzugießen, betrachtete ich sie. Was hatte ich für eine wunderschöne Frau.

»Ich dachte, es würde uns vielleicht guttun, fern von der Heimat einmal alles auf den Tisch zu packen, uns einfach auszusprechen. Und da bin ich.«

»Ja, da hast du Recht.«

Ich setzte mich an den Tisch. Sie tat es mir gleich. Ich nahm ihre Hand in meine Hände.

»Mirjam, es tut mir so leid. Ich weiß überhaupt nicht, wie es damals dazu kommen konnte. Es gibt wirklich keine Entschuldigung. Sabine ist verrückt, sie hat mich erpresst.«

Mirjam sah mich fragend an.

»All diese Anrufe damals... das war sie!«

Mirjam zog ihre Hand weg, um sie vor ihren Mund zu halten und ihr Entsetzen zu verbergen.

»Aber warum?«

»Weil sie verrückt ist! Sie war es schon immer. Sie wollte mich immer wieder sehen, sie rief immer wieder an und sie drohte... es dir oder Stein zu sagen, wenn ich nicht machte, was sie wollte. Sie hat mir schräge Gedichte per Mail geschickt und lauter so einen Mist.«

»Hat sie dich etwa auch gezwungen, noch einmal mit ihr zu schlafen?«

Mirjam zog eine Augenbraue nach oben und ich wusste, dass sie mit ihrem Zweifel Recht hatte. So etwas kann man nicht erzwingen. In gewisser Weise habe ich es einfach geschehen lassen.

»Naja... anfangs hatte ich mich gewehrt und dann... dann habe ich es geschehen lassen, in der Hoffnung, sie würde ihr Versprechen halten. Das Versprechen, mich endlich loszulassen, nach einer einzigen weiteren Nacht.«

Ich senkte beschämt meinen Kopf.

»Es war bescheuert und naiv. Ich weiß.«

»Weißt du, Michael, ich verurteile dich gar nicht so sehr dafür, dass du einen schwachen Moment hattest. Aber dass du unsere Familie in Gefahr gebracht hast, nur weil du zu feige warst, mir die Wahrheit zu sagen, das verurteile ich sehr wohl. Du weißt, wie sehr Jana unter unseren Spannungen gelitten hat. Du kannst froh sein, dass diese Frau nicht noch schlimmere Sachen gemacht hat.«

Ich schluckte und fühlte mich mies.

»Ich hatte Angst. Angst euch zu verlieren, wenn ich dir die Wahrheit sagen würde. Kannst du das verstehen?«

»Ja, kann ich.«

Sie sagte das mit einer merkwürdigen Mimik. Noch bevor ich diesen Ausdruck in ihrem Gesicht entschlüsseln konnte, fügte sie hinzu:

»Das kann ich sogar sehr gut. Ich habe dich auch einmal betrogen, Schatz.«

Der Boden unter meinen Füßen schien plötzlich aus Watte zu sein. Was hatte sie da eben gesagt?

Sie hatte mich auch betrogen? Sie?

Nach einem kurzen Moment des Schocks musste ich unweigerlich grinsen. Ich musste fast lachen. All die Jahre hatte ich nie in Betracht gezogen, dass sie so etwas tun könnte. Ich hatte immer mich als den Versager in unserer Beziehung gesehen, als den schlechteren Part. Gegen ihre Reinheit und Vernunft kam ich mit meinen Mustern, Prägungen und Einstellungen einfach nicht an. Ich bewunderte sie so sehr, dass ich niemals nur eine Sekunde geglaubt hätte, dass sie zu einem Ehebruch fähig wäre.

Ich wusste nicht, ob ich mich freuen oder ob es mir das Herz zerreißen sollte. Meine Mirjam in den Armen eines anderen Mannes? Das schmerzte. Ich hätte mir nie vorstellen können, wie sehr es schmerzte.

»Sag doch etwas.«

»Ich... ich weiß nicht, was ich sagen soll. Ich hätte... ich hätte dir das einfach nicht zugetraut. Wer, wer war es?«

»Ach, es war ein Yogalehrer, bei dem ich vor ungefähr drei Jahren öfters im Yogakurs war und dann auch bei diesem Retreat auf Ibiza... Er hieß Marcel. Er war so... besonders.«

Sie schmunzelte etwas.

Ich schlug auf den Tisch.

»Findest du das etwa witzig?«

Sie sah mich entgeistert an.

»Willst du mich jetzt etwa anschreien? Gerade du hast es nötig. Nur, weil du mich als Heilige siehst, heißt das nicht, dass ich es bin. Ich habe auch Bedürfnisse und falls du dich noch erinnerst, waren dir dein Leben und deine Karriere in den letzten Jahren wichtiger als alles andere.«

Sie hatte Recht. All meine Fehler, mein egoistisches Verhalten mussten irgendwann einfach auf mich zurückfallen. Ich war an allem selbst schuld. Ich hatte meine Frau vernachlässigt. Hatte ich sie sogar in die Arme eines Anderen getrieben? Ich hatte meine Tochter vernachlässigt und verursacht, dass sie mich in einer ihrer schwersten Lebensphasen nicht an sich heranließ. Ich hatte mich in den Schoß einer Verrückten gestürzt und wurde dafür langsam, aber sicher selber verrückt.

Gerecht, es war gerecht.

»Ich will nicht dir die Schuld geben, Michael. Es war falsch von mir. Aber ich glaube, da können wir uns die Hand reichen. Wir haben beide etwas Falsches getan, sind uns darüber auch im Klaren. Und das ist doch ein guter Moment für einen Neuanfang, oder was meinst du?«

Ich versuchte, die Bilder in meinen Kopf anzuhalten und auf ihre Worte zu hören. Sie würde mir verzeihen, wenn ich es auch könnte. Ich stützte mich am Tisch ab und erhob mich. Ich ging zu ihr und kniete mich vor ihr nieder. Mir war nicht bewusst, was ich da tat, ich folgte nur einem inneren Impuls.

»Ich liebe dich über alles. Egal, was war, wir können gemeinsam neu anfangen. Ich will einfach nur mit dir zusammen sein. Du bist mein Anker, du bist alles, was ich habe und was ich will. Ich hatte nie vor, dich zu verletzten.«

»Das hatte ich auch nicht.«

Sie streichelte über meinen Kopf.

»Mir tut es auch leid. Ich hätte vielleicht sensibler sein müssen. Ich habe oft gespürt, dass dich etwas belastet, aber ich habe es immer auf die Firma geschoben. Ich habe es mir da wohl auch zu einfach gemacht.«

Wir sahen uns lange in die Augen. Dann küssten wir uns.

Ich wusste, dass das ein Neuanfang sein würde. Manchmal wusste man erst, wie wichtig jemand war, wenn man ihn fast verloren hatte.

Wir liebten uns noch in der Küche.

Ich wollte am liebsten mit ihr verschmelzen. Die Gewissheit, sie nicht verloren zu haben, fühlte sich befreiend an.

Wir verbrachten den Vormittag im Bett. Wir kuschelten und genossen die Nähe und Wärme des anderen. Es war so lange her, dass wir so etwas getan hatten...

Es war beinahe wie früher.

»Diese Sabine, ist das die, die jetzt gerade zur Unterstützung in deinem Büro ist? Briest oder so?«

»Ja, woher weißt du das denn?«

»Sie hatte bei uns angerufen und nach deinem Aufenthaltsort gefragt, sie müsse dir dringend irgendwelche Unterlagen zukommen lassen.«

»Und dann hast du ihr meine Nummer gegeben?«

»Ja, natürlich. Ich wusste ja nicht... Ich habe ihr die Nummer und die Adresse gegeben. Sie klang eigentlich ganz sympathisch.«

Ja, sie klang immer sympathisch, wenn sie etwas wollte. Nur, wenn sie es nicht bekam, dann zeigte sie ihr wahres Ich.

»War das schlimm? Was macht sie denn überhaupt dort?«

»Sie hat sich in meine Abteilung versetzen lassen. Du weißt schon, wegen des Konzepts und dem Zusatzpersonal. Was glaubst du, was das für ein Schock war, als sie plötzlich vor mir stand.«

»War sie etwa auch für den Einbruch damals verantwortlich?«

Mirjam klang irgendwie sehr abgeklärt.

Ich nickte.

»Ja, sie war einfach für alles verantwortlich, was passierte. Es tut mir so leid.«

»Aber jetzt kann sie dir nichts mehr tun. Ich weiß es ja jetzt. Oder?«

»Ja, du schon.«

»Wer muss denn bitte noch davon wissen?«

»Naja, was meinst du, wie Stein es finden würde, wenn ich mit einer Angestellten eine Affäre gehabt hätte?«

Affäre. Wieso war dieses Wort so unanständig? Schon das Wort selbst klang einfach furchtbar. Es steckt 'Affe' darin. Wahrscheinlich, weil man sich dabei zwangsläufig zum Affen machte.

»Michael, du musst es ihm sagen. Diese Frau gehört nicht in eure Firma und schon gar nicht in deine Abteilung. Was ist, wenn sie dich sabotiert?«

»Das ist schon geschehen. Ich weiß bloß noch nicht, was sie getan hat.«

Mirjam sah mich fragend an. Ich zuckte nur mit den Schultern. Sie schmiegte sich an mich. Ihre Haut war so weich. Ich küsste ihre Hände.

»Am Montag treffe ich mich mit Stein. Und ihr. Dann werde ich weitersehen.«

»Du musst es ein für alle Mal klären. Und wie kommst du mit deinem Konzept voran?«

»Es läuft gut. Ich habe einen wirklich interessanten Mann kennen gelernt. Thomas. Er inspiriert mich so sehr. Er ist irgendwie ganz anders. Ich treffe mich Morgen mit ihm zum Angeln.«

»Oh, seit wann angelst du denn?«, Mirjam grinste.

»Seit dieser Woche anscheinend.«

Ich lächelte sie ebenfalls an.

»Ich bleibe bis Sonntag hier, wenn ich dich nicht störe.«

»Oh ja, bitte! Aber was ist mit Jana?«

»Ihr geht es gut. Ursula passt auf sie auf. Sie sind sich sowieso sehr nahegekommen, seit sie dort ist. Sie scheint ihr momentan wirklich gut zu tun.«

Ich senkte meinen Blick. Gerne wäre ich ihr auch nähergekommen.

»Sei nicht traurig. Ihr werdet euren Weg schon finden. Da bin ich sicher.«

Mirjam stand auf und zog sich an.

»Ich werde ein paar Sachen einkaufen, in Ordnung? Dann kann ich mich morgen mal ein bisschen um den Garten kümmern. Du musst ja vielleicht auch noch was arbeiten heute, oder?«

»Ich würde den Tag lieber so weiter machen, wie wir ihn begonnen haben, mein Engel«, sagte ich und versuchte, sie wieder ins Bett zu ziehen.

Es war merkwürdig, aber ich fühlte mich wie frisch verliebt und das, obwohl auch ich nicht leugnen konnte, dass ich sehr verletzt und eifersüchtig auf den anderen Mann war. Trotzdem, Mirjam hier zu haben und zu wissen, dass wir es schaffen würden, befreite meine Schultern von einer tonnenschweren Last.

»Ich will dich nicht abhalten. Allzu viel Zeit hast du nicht mehr, oder?«

»Nein.«

In einer knappen Woche war der Abgabetermin. Und ich hatte gerade mal den ersten Ansatz eines Entwurfes. Allerdings einen sehr guten Ansatz, wie ich fand.

»Na gut, dann sind wir eben fleißig.«

Ich stand auf und drückte sie an mich. Sie fiel fast hin, weil sie gerade im Begriff war, ihre Hose anzuziehen.

»Aber heute Abend will ich einen Nachschlag!«

Sie schmunzelte.

»Als erstes werde ich dir mal etwas Gesundes kochen, du hast doch bestimmt nichts Richtiges gegessen, oder?«

»Oh, da würdest du dich aber wundern. Morgen kochen Thomas und ich für dich.«

Mirjam sah mich überrascht an.

23

Als ich ins Haus ging, hatte Mirjam Jana schon ins Bett gebracht. Ich war völlig in Gedanken versunken und merkte nicht, dass meine Frau mit mir redete. Ich war kopflos und dachte nur daran, wie ich Sabine dazu bringen könnte, endlich aufzuhören.

»Sag mal, hörst du mir eigentlich zu?«

Ich drehte mich um und sah in die verärgerten Augen von Mirjam.

»Was?«

»Na, vielen Dank. Da kann ich auch mit der Wand reden. Langsam bin ich es satt, dass du nur noch in deiner eigenen Welt lebst. Uns gibt es auch noch. Denkst du schon wieder an irgendein wichtiges Meeting? Das ist nicht alles, Michael. Ich dachte, der Tag heute hätte dir auch gutgetan.«

»Mensch Mirjam, jetzt hör doch auf. Ich war einfach nur kurz in Gedanken versunken. Außerdem muss ich ja wohl auch Geld verdienen. Warum hackst du denn immer auf der Firma rum?«

Meine Stimme war leider lauter als geplant, weil mein Körper wohl immer noch unter Angst und Adrenalin stand. Durch meine harsche Antwort entfachte ich einen Streit, der leider auch unserer Tochter Jana nicht entging. Sie stand plötzlich hinter Mirjam und sah mich mit großen, verweinten Augen an.

»Warum streitet ihr denn?«, schluchzte es aus ihr.

Mirjam sah mich vorwurfsvoll an.

Ich ging zu meiner Tochter und brachte sie wieder ins Bett.

Jana sah mich verwirrt an. Sie sah so unschuldig aus, dass ich mich noch schlechter fühlte, als ich es ohnehin schon tat. Es war mein Verschulden, aber wie hätte ich ihr das erklären können?

»Habt ihr euch denn nicht mehr lieb?«

»Doch, natürlich mein Engel. Auch wenn deine Mutter und ich uns ab und zu mal streiten, bedeutet das nicht, dass wir uns nicht mehr liebhaben.«

»Ist es meine Schuld?«, fragte sie.

»Wie kommst du denn darauf? Natürlich bist du nicht schuld. Ich bin schuld. Ich habe deiner Mutter etwas zu böse geantwortet und deswegen war sie sauer.«

Für mich war sie immer noch mein kleines Engelchen, auch wenn sie mittlerweile schon mehr verstand und durchschaute, als ich dachte.

Als ich am Montag im Büro war, wählte ich unverzüglich Sabines Nummer.

Sie meldete sich gewohnt freundlich.

»Was wolltest du damit bezwecken?«

»Entschuldigen Sie, wer spricht da bitte?«

»Du weißt ganz genau, wer hier ist. Tu bloß nicht so scheinheilig! Ich will wissen, was das mit dem Ballon sollte?«

»Ach Michael, du bist es. Äh... was für ein Ballon? Wovon redest du denn?«

»Sabine, wenn das wieder irgendeines deiner Spielchen ist, dann...«

»Michael, was ist denn passiert? Ich habe dir doch versprochen, dass ich dich in Ruhe lasse.«

»Hör doch auf zu lügen. Wenn du noch einmal in die Nähe von mir, meinem Haus oder meiner Familie kommst... dann... dann passiert was.«

Ich legte auf.

Sie würde mich nicht in Ruhe lassen. Ich wusste es einfach. Sechs Tage später wurde diese Vermutung zur Gewissheit.

In der Nacht von Samstag auf Sonntag weckte mich Mirjam. Sie rüttelte an meinem Arm.

»Da ist jemand im Haus!«

»Bist du sicher?«

Ich horchte.

Tatsächlich. Ich hörte jemanden unten im Wohnzimmer. Da unsere Tochter bei einer Freundin übernachtete, konnte sie es nicht sein.

Ich schlich hinunter, bewaffnet mit einem Baseball-Schläger, den ich im Schrank aufbewahrte. Zwar spielte ich nicht wirklich Baseball, aber mir gefiel es in amerikanischen Spielfilmen immer, wenn sich die Männer genau in einem solchen Moment damit bewaffneten.

Als ich die Treppe hinunter ging, hörte ich, wie die Hintertür ins Schloss fiel.

Sofort rannte ich in diese Richtung, um vielleicht noch einen Blick auf den Einbrecher erhaschen zu können. Aber vergeblich.

Ich sah mich um. Es gab keine Veränderung. Auf den ersten Blick sah es nicht so aus, als ob etwas fehlen würde.

Mirjam stand oben an der Treppe und rief zaghaft:

»Ist er weg?«

»Ich weiß nicht. Bleib oben und ruf die Polizei. Es war auf jeden Fall jemand hier.«

Ich machte das Licht an und sah mich um. Meine Augen suchten panisch den ganzen Raum ab.

Dann sah ich es.

An einem unserer aufgestellten Bilder, Mirjam und mein Hochzeitsfoto, lehnte ein Brief. Auf dem Umschlag war ein Kuss mit rotem Lippenstift.

Ich schnappte mir sofort den Brief und begann zu lesen:

Liebe Familie Schneid,

mein Name ist Sabine. Ich und Michael lieben uns und sind schon seit einigen Monaten ein Paar. Leider ist er zu feige, Ihnen die Wahrheit zu sagen, deswegen übernehme ich das für ihn.

Vielleicht sollten wir uns zusammensetzen und gemeinsam unsere Zukunft besprechen. Da wir ja alle erwachsen sind, werden wir mit Sicherheit eine Lösung finden, die für alle akzeptabel ist.

Ach, und Michael, du fehlst mir.

In Liebe,
Sabine

Ich konnte es nicht fassen. Schnell versteckte ich den Brief in einem meiner Bücher.

Es musste ein Geheimnis bleiben.

Die Polizei traf um 02:15 Uhr ein.

Ich war froh, dass Jana nicht hier war. Der eine oder andere Nachbar stand bereits vor der Haustüre und gaffte. Rollläden wurden nach oben gezogen.

Samstagnacht und die Polizei war in unserem Haus. Das Gerede der Leute war uns sicher.

Doch das war mein kleinstes Problem.

Was sollte ich jetzt nur tun?

Sabine war zu weitaus mehr fähig, als ich es bis dahin angenommen hatte. Wollte sie in Zukunft jedes Wochenende 650 Kilometer gen Süden fahren, um mich und meine Familie zu ängstigen? Um mir zu drohen? Um alles auffliegen zu lassen?

Mirjam war total aufgeregt. Die Polizisten fanden es ungewöhnlich, dass nichts gestohlen worden war. Allerdings wurde es so ausgelegt, dass ich ihn wohl vertrieben hatte, bevor er seinen Beutezug beginnen konnte.

Bei dieser Geschichte blieb es.

Mirjam machte sich große Sorgen. Sie fühlte sich nicht sicher und dachte auch wieder an die Anrufe, die wir immer hatten, bevor wir die Nummer änderten.

Mich wunderte es, dass sie mich nie einer Affäre bezichtigte oder verdächtigte. Sie vertraute mir blind.

Ich beschloss, dass ich mich mit Sabine treffen musste.

Am nächsten Tag schrieb ich ihr, dass ich das nächste Wochenende in Hamburg sei und ich sie gerne treffen würde.

Sie war überrascht, willigte aber natürlich ein.

Ich wollte ihr ein für alle Mal deutlich klar machen, dass sie uns in Ruhe lassen musste.

»Sie hat mir verziehen.«

Ich sah in Thomas stahlblaue Augen, die mich frech anfunkelten.

»Habe ich dir doch gesagt.«

Er grinste selbstgefällig.

Er hatte gerade den ersten Fisch gefangen, so dass ich mich traute, ihm endlich zu sagen, was mir schon den ganzen Morgen unter den Nägeln brannte.

»Willst du sie kennen lernen? Sie ist hier. Ich habe ihr gesagt, dass wir vielleicht heute für sie kochen. Sie dachte, ich hätte mich womöglich die ganze Zeit nur von Fast Food oder so ernährt.«

»Das würde ich sehr gerne. Aber dann müssen wir unser Getratsche auf später verschieben, denn dann müssen wir mindestens noch einmal zwei solche Burschen fangen.«

Es dauerte ungefähr zwei Stunden, dann hatten wir unser Soll erfüllt. Auch ich hatte wieder einen an Land gezogen und war bereits routinierter geworden, wenn man das nach so kurzer Zeit so sagen konnte.

»Dann würde ich sagen, du und Mirjam kommt einfach um 19 Uhr zu mir.«

»Sehr gut.«

»Ach, Michael? Wie hat dir das Angeln denn jetzt eigentlich gefallen?«

»Sehr gut«, sagte ich erneut und lächelte.

Er nickte und stieg auf sein Fahrrad. Das Wetter war mild und angenehm.

Ich fuhr wieder zu unserem Haus. Mirjam war noch unterwegs und so setzte ich mich an meinen Rechner, um weitere Stichpunkte für mein Konzept aufzuschreiben.

Das Gute beim Angeln war, dass man genug Zeit hatte, seine Gedanken fertig zu denken. Zu Hause, im Büro oder wo auch immer, wurde man ja doch ständig unterbrochen, so dass man oft vergaß, was man gerade gedacht hatte oder nur mühsam wieder dort anknüpfen konnte, wo man aufgehört hatte.

Ich wollte Thomas heute Abend etwas präsentieren. Es war unser letzter Abend und er sollte produktiv werden.

Was auch immer mich am Montag im Büro erwartete, wollte ich dennoch nächsten Freitag mit guten Ideen glänzen, um eventuelle Schäden meines Ansehens zu reparieren.

Außerdem hatte ich beschlossen, Stein die Wahrheit zu sagen. Vor Sabine. Es würde sie hoffentlich wie ein Blitz niederstrecken.

Allerdings wusste ich nicht, welchen Schaden ich davontragen würde. Wie würde Stein mich dann wohl sehen? Aber darüber konnte ich mir Gedanken machen, wenn es so weit war.

Ich war optimistisch und positiv gestimmt. Ich hatte meine Frau nicht verloren, im Gegenteil, unsere Ehe war wie neu erblüht. Und ich konnte endlich wieder normal mit ihr umgehen.

Ich arbeitete einige Stunden. Mirjam war zwischendurch nach Hause gekommen und dabei, den Garten umzugraben. Sie hatte so viele Pflanzen gekauft, dass ich das Gefühl bekam, sie wollte hier den Sommer verbringen.

Jetzt, wo Mirjam hier war und meine Verlustängste der Vergangenheit angehörten, sprühten die Ideen nur so aus mir heraus. All die Ansätze, Hinweise, das sanfte Schubsen von Thomas in eine bestimmte Richtung, hatten Früchte getragen.

Um halb sieben machten wir uns auf den Weg zu Thomas. Mirjam hatte als Präsent einen kleinen Korb mit frischen Kräutern zusammengestellt. Sie war immer so aufmerksam.

Die beiden mochten sich sofort.

Es schien, als kannten sich Thomas und Mirjam schon ewig. Sie waren auf einer Wellenlänge. Es machte mir große Freude, ihnen bei ihren euphorischen Gesprächen über Yoga, gesunde Ernährung und Spiritualität zuzuhören. Sie waren sich einig. Spiritualität war nichts Mystisches oder Esoterisches, sondern bedeutete lediglich, sich zu fragen, warum das Leben so funktionierte, wie es eben funktionierte. Gedankenmodelle zu entwickeln, die einen zu Leichtigkeit, Freude, Glück und Erfolg verhalfen, ohne andere zu schädigen. Erfolg war dabei für jeden etwas anderes.

»Das Essen ist einfach vorzüglich, Thomas. Ich bin ja schon lange ein Fan von gelben Zucchinis. Die meisten Menschen wissen gar nicht, dass sie viel milder schmecken.«

»Danke. Ja, ich pflanze schon seit Jahren die gelben an. Sie sehen auch einfach sehr hübsch aus, oder?«

»Ja, absolut.«

Ich musste grinsen und erfreute mich an dem schmackhaften Essen. Eigentlich war Thomas gar nicht so anders. Eigentlich war er so wie Mirjam. Vielleicht mochte ich ihn deswegen so.

Nach dem Essen setzten wir uns ins Wohnzimmer.

»Michael, wie weit bist du mit deinem Konzept? Fährst du nicht übermorgen wieder zurück?«

»Es ist fertig«, sagte ich stolz und strahlte ihn dabei an.

»Ich würde gern wissen, wie du es findest und ob du noch Verbesserungsvorschläge hättest?«

»Das freut mich Michael. Anscheinend laufen die Dinge wieder und die Scherben haben sich zu einem Bild verwandelt.«

Er zwinkerte mir zu und deutet auch auf Mirjam. Ja, sobald die eine Sache geklärt war, konnte ich an der nächsten Baustelle viel besser arbeiten. Und die letzte würde ich auch noch schaffen.

»Was für Scherben?«

Mirjam sah kurz von ihrem Buch, in das sie versunken war, auf.

»Ach nichts, nur eine Metapher«, antwortete Thomas.

»Ja, dann schieß doch mal los, Michael.«

Thomas sah mich gespannt an.

Ich trug ihm mein komplettes Konzept vor.

25

Die Alster funkelte.

Es war einer dieser wunderschönen Tage in Hamburg, warm, kaum Wind und die Sonne tauchte alles in einen wunderschönen Farbton.

Ich hatte mich mit Sabine in einem Café an der Binnenalster verabredet. Bereits eine Weile vor unserer vereinbarten Zeit war ich dort. Meinen ersten Kaffee hatte ich schon getrunken.

Sie winkte von weitem. Sie trug ein rotes Kleid, mit weißen Punkten und dazu einen weißen Sonnenhut. Ihre dunklen Haare hatte sie gelockt.

»Ich habe mir heute extra frei genommen.«

Sie strahlte mich an und setzte sich. Sie griff nach meiner Hand, die ich langsam wieder wegzog. Ihr Versuch, es zu ignorieren, scheiterte ein wenig. Ich konnte ihre Enttäuschung sofort sehen.

»Ist es nicht ein wunderschöner Tag? Ich habe mich wirklich sehr über deine Einladung gefreut. Das sollten wir öfter tun. Warum bist du denn überhaupt in Hamburg?«

»Um dir zu sagen, dass du zu weit gegangen bist.«

Sie schaute mich an und wartete, ob ich wohl noch etwas hinterher schieben würde. Doch ich sagte nichts weiter.

Sie fing an zu lachen. Spitz. Übertrieben. Gespielt.

»Und dafür kommst du extra hierher?«

»Du kommst extra zu mir, um einen Brief in meine Wohnung zu legen. Das ist nicht besser, oder?«

Ich sah sie böse und entschlossen an. Sie schluckte. Wahrscheinlich hatte sie nicht mit einer direkten Konfrontation gerechnet.

»Es wurde Zeit, dass sie es endlich erfährt. Das mit uns.«

»Du weißt, dass das nicht stimmt. Wir sind nicht zusammen. Du bist verhaltensgestört, Sabine.«

Sie sah mich böse an.

Ich schnappte nach ihrer Hand und drückte sie fest zusammen. Sehr fest.

»Du weißt selbst, dass du zu weit gegangen bist. Wenn du mir oder meiner Familie oder irgendjemanden in meinem Umfeld noch einmal zu nahekommst, dann...«

Sie unterbrach mich.

»... was dann? Willst du mich dann umbringen?«

Sie lachte amüsiert.

»Vielleicht! Auf jeden Fall werde ich dafür sorgen, dass man dich wegsperrt. Und zwar für immer.«

»Jemandem einen Ballon in den Garten zu hängen oder auch einen Brief in die Wohnung zu legen, bringt niemanden hinter Gitter.«

»Das vielleicht nicht Sabine, aber ich habe einen Bruder, und der hat einen sehr guten Freund, und dieser Freund, der leitet eine geschlossene Abteilung einer Psychiatrie. Ich bin mir sicher, dass er eine sehr passende Diagnose für dich finden würde.«

Sie sah mich entgeistert an. Ich meinte es wirklich ernst und das merkte sie.

»Darf ich Ihnen etwas zu trinken bringen?«

Der Kellner unterbrach unseren intensiven Blickaustausch.

Sie stotterte und war sichtlich verwirrt.

»Ja... ähm... einen Cappuccino. Und wäre es vielleicht möglich, eine Zigarette zu bekommen?«

»Ja, ich kann Ihnen gerne eine Schachtel bringen, wenn Sie wünschen. Welche Marke bevorzugen Sie denn?«

»Ach, irgendeine. Egal.«

Der Kellner ging.

Sie sah mich an.

»Hast du mir gut zugehört, Sabine? Ich meine es wirklich ernst. Du kannst mich nicht haben. Niemals. Und auch wenn du es Mirjam, Stein oder sonst wem erzählst, es ist mir einerlei. Du wirst mich nicht bekommen, nie, egal, auf welche Weise du es versuchst. Es tut mir sehr leid für dich und ich würde dir vorschlagen, eine Therapie zu machen, denn du scheinst ein wirkliches Problem mit Männern zu haben. Oder mit Nähe. Oder mit mir. Egal womit, du solltest dir helfen lassen. Für dich. Du suchst etwas in mir, was dir selbst fehlt. Das funktioniert nicht. Du willst doch auch nicht so leben, oder?«

Ich sah sie fragend an. Ich nahm wieder ihre Hand. Diesmal hielt ich sie sanft.

»Du bist eine tolle Frau Sabine, aber du musst dir helfen lassen, wenn du ein normales Leben führen willst.«

Sie weinte.

Der Kellner kam und stellte den Cappuccino ab und legte ihre Schachtel Zigaretten, zusammen mit Streichhölzern, auf den Tisch.

Sie zündete sich sofort eine Zigarette an. Das erste Streichholz zerbrach. Mit dem zweitem schaffte sie es.

Eifrig zog sie an der Zigarette. Zitterten etwa ihre Hände? Es schien, als sei sie durch meine Worte wirklich betroffen oder berührt. Vielleicht auch verängstigt. Vielleicht war sie sich aber auch schon lange selber im Klaren, dass sie Hilfe benötigte.

»Sabine? Sag doch was dazu.«

»Ja... ja. Ja, du hast vielleicht Recht. Ich muss es wohl akzeptieren.«

Sie zog an ihrer Zigarette und blies den Rauch in die Luft. Sie fing wieder an zu weinen.

»Ich will so ja auch nicht sein. Aber... aber... ich ertrage diese Zurückweisung einfach nicht.«

Ja, das hatte ich deutlich gemerkt.

»Michael, ich... es... es tut mir wirklich leid, was ich dir angetan habe.«

Es war wieder äußerst seltsam, aber ich hatte Mitleid mit ihr. Nach allem, was sie getan hatte, tat sie mir trotzdem leid.

Sie schnappte mit beiden Händen meine Hand und hielt sie fest. Sie weinte jetzt stark und ihre Stimme überschlug sich. Es tat ihr wirklich leid, das merkte ich. Zumindest die eine Hälfte, die in Sabine wohnte, entschuldigte sich in diesem Moment.

»Es tut mir sooo leid...«

Sabine gestand mir all ihre Taten. Das mit dem Ballon, dem Einbruch, die Anrufe, die E-Mails, einfach alles.

Es fühlte sich wie ein erster Schritt in die richtige Richtung an. Ich bereute nicht, dass ich extra nach Hamburg gefahren war.

Wir sprachen noch sehr lange an diesem Morgen und am Ende des Gesprächs hatte ich wirklich das Gefühl, dass sie sich helfen lassen würde.

Und in der Tat hatte mir dieses ehrliche Gespräch und vielleicht auch ein bisschen meine Drohungen geholfen, um sie endlich loszuwerden.

Sie meldete sich fast vier Jahre nicht mehr bei mir. Selbst beruflich hatten wir auf einmal so gut wie gar nichts mehr miteinander zu tun.

Bis zu diesem einen Tag, als sie plötzlich in meinem Büro stand

26

Thomas hörte sich meinen ganzen Vortrag an. Er unterbrach mich nicht ein einziges Mal.

Leicht unsicher, aber sichtlich euphorisch wartete ich auf seine Meinung.

»Und? Was denkst du?«

Er nahm einen Schluck von seinem Wein.

»Ich denke, dass du viel verstanden hast, Michael. Viele Menschen nehmen Informationen nur punktuell auf oder reflektieren sie nicht, aber du hast meine kleinen Tipps und Metaphern wirklich schnell verstanden und auf deine Probleme übertragen.«

Er überlegte einen Moment. Nachdenklich sagte er:

»Hätte ich das alles so schnell verstanden wie du, dann... hätte ich schon einige Jahre früher Unternehmen noch besser helfen können.«

Er lachte und schüttelte den Kopf.

»Ich habe mir mein Konzept wirklich Stück für Stück erarbeitet, und du? Haust mir hier was um die Ohren, was so ziemlich meiner Strategie entspricht, die ich über Jahre entwickelt und verfeinert habe. Und das hast du in nicht mal einer Woche geschafft?!«

Er sah mich intensiv an. Ich zuckte mit den Schultern und fühlte mich fast schon etwas schlecht in meiner Haut.

»Ja, ich hatte eben einen guten Lehrer, würde ich sagen.«

Er sah immer noch sehr nachdenklich aus.

»Du hast nicht zufällig eines meiner Bücher mitgenommen?«

Ich schüttelte den Kopf. Er lachte wieder.

»Michael, ich bin wirklich beeindruckt. Wenn dein Chef sich nicht für dein Konzept entscheidet, nehme ich zurück, dass er ein guter Boss ist. Dann ist er ein Idiot.«

Er prostete mir zu. Ich fühlte mich gut. Sehr gut. Besser als je zuvor.

Die einzige Hürde, die ich jetzt noch zu nehmen hatte, war das Gespräch mit Stein und Sabine. Aber auch das musste einfach irgendwie funktionieren und geklärt werden.

»Ach so, Thomas? Was bedeutet H2B?«

»Also hast du doch eines meiner Bücher gelesen?«, sagte Thomas freudig, in der Hoffnung mich überführt zu haben.

»Nein, also ich habe neulich, als du gekocht hast, hier in eines hineingeschaut und da habe ich immer wieder H2B gelesen. Und da ich wahrscheinlich nicht mehr dazu komme, dein Buch fertig zu lesen, wollte ich gerne wissen, was es bedeutet.«

»Es ist meine Kernstrategie: H2B ist die Abkürzung von 'Health to Business'. Es bedeutet 'Gesundheit fürs Unternehmen' und basiert darauf, dass sowohl der Mensch ganzheitlich gesund sein muss wie auch das Unternehmen.«

»Beide sind Dreiklang aus Körper, Geist und Seele«, ergänzte ich.

Mirjam sah mich an und grinste.

»Wie jetzt? Das ist doch mein Spruch, den ich dir immer gesagt habe.«

Ich lachte. »Ja, ihr beide habt mir viel Inspiration gegeben.« Thomas und Mirjam grinsten sich an und prosteten sich dann zu. Anscheinend war auch Mirjam jetzt im Thema angekommen. Sie ließ von ihrem Buch ab und hörte uns zu.

»Michael, ich möchte dir jetzt etwas sagen. Ich weiß, dass du kein Unternehmensberater bist, so wie ich es war, aber ich würde mich dennoch freuen, wenn du dich auch nach der Präsentation deines Konzeptes mit dem Thema beschäftigen würdest. Übernimm meine H2B-Ideen und ergänze sie mit deinen, trage sie in die Welt. Es wird Zeit für den Wandel. Viele Unternehmen steuern auf einen Scherbenhaufen zu. Hilf ihnen. Weißt du, ich bin schon seit einigen Jahren im Ruhestand und coache nur ab und zu mal aus Freude oder wenn mir jemand wie du über den Weg läuft. Aber ich denke, du wärst der Richtige, um meine Philosophie weiterzuführen und sie vielleicht zu deiner zu machen. Wer weiß, vielleicht schreibst du ja auch mal einen Ratgeber, hältst Vorträge, inspirierst Menschen oder schreibst ein ganzes Buch. Aber bitte schreib kein Fachbuch, die landen in Schubladen oder Bibliotheken.« Ich schmunzelte.

»Danke, es ehrt mich, dass du mir so viel Vertrauen entgegenbringst. Ich meine, erst muss es ja mein Chef, Herr Stein, mögen und annehmen. Und dann weiß ich ja auch gar nicht zu hundert Prozent, ob es funktioniert.«

»Es funktioniert.«

Thomas stand auf und ging zu seinem Bücherregal. Er zog drei Bücher heraus und legte sie auf den Tisch.

»Nimm die mit und lies sie. Das ist der letzte Schliff, den dein Konzept noch braucht. Ebenso wie die Fallbeispiele, die dir zeigen, dass es funktioniert. Es ist nicht nur ein theoretisches Konstrukt, es ist praktisch umsetzbar und funktioniert. Auf allen Ebenen.«

»Danke Thomas, ich weiß echt nicht, was ich sagen soll. Ohne dich hätte ich es nicht geschafft.«

»Du hättest es sicherlich nicht so schnell geschafft«, sagte er amüsiert, aber auch immer noch etwas knatschig ob der kurzen Zeit, die ich für die Entwicklung des Konzepts gebraucht hatte.

»Weißt du, Michael, oft ändert sich nichts, und dann änderst du dich, und plötzlich ändert sich alles. Du hast dich selbst reflektiert und hast bei dir nach Lösungen gesucht. Die meisten suchen zuerst woanders, suchen im Außen, doch es beginnt immer in uns. 'Be the change you want to see in the world' hat Mahatma Gandhi gesagt und nicht 'make the change'. Diese Denkweise macht einen großen Unterschied«.

»Aber Thomas, eine Frage habe ich noch. Du hast ein geniales Konzept zur nachhaltigen Unternehmensentwicklung erarbeitet und auch anscheinend einige Fachbücher dazu geschrieben, warum ist es so unbekannt, warum haben es dir die Unternehmen nicht aus den Händen gerissen?«

Thomas wirkte plötzlich nachdenklich, fast wehmütig. Doch auf einmal, wie aus heiterem Himmel, grinste er breit.

»Das hat mehrere Gründe, Michael. Zum einen wehren sich die meisten Menschen gegen Neues und gegen Veränderung. Lieber machen sie immer mehr von dem, was sie schon immer gemacht haben. Anstatt mal zwei Schritte zurückzutreten und das gesamte Bild kritisch zu betrachten, bleiben sie beim Altbewährten. »Die Definition von Wahnsinn ist, immer wieder das Gleiche zu tun und andere Ergebnisse zu erwarten«, hat Albert Einstein mal dazu gesagt. Nun, die meisten Menschen sind wohl ein bisschen wahnsinnig. Ich habe einen interessanten Artikel dazu geschrieben: Der Einstein Code.«

Ich musste schmunzeln und an Mirjams Sprüche-Heftchen denken.

»Ein weiterer Grund ist, dass viele Menschen erst anfangen sich zu hinterfragen und bereit für neue Wege sind, wenn es weh tut, wenn der Druck unerträglich wird. Doch dann stehen sie oft schon vor einem Scherbenhaufen. Schau dir die Unternehmenspleiten an, die ständig passieren. Die Leute waren ja nicht faul, sie haben nur das Falsche getan. Nun, und um das Richtige tun zu können, muss ich erst erkennen, wo meine Schwachstellen sind. Ich muss Transparenz schaffen, und analysieren, wo es klemmt. Doch kaum einer will wirklich hinschauen. Sie halten lieber an Altem fest, schließlich hat das ja mal funktioniert. Ich habe vor einigen Jahren mal einem Geschäftsführer eine ganzheitliche Unternehmensanalyse geschenkt. Wir nannten sie H2B-Quick-Check, weil man über eine onlinebasierte Mitarbeiterbefragung sehr schnell erkennen kann, in welchem der sechs Felder es Probleme gibt. Doch diese wurde nie durchgeführt. Und weißt du warum?«

Ich schüttelte den Kopf und wartete gebannt auf seine Antwort.

»Diese Transparenz ist bei uns im Management nicht gewünscht. Das war seine Aussage. Auf Grund dieses Erlebnisses schrieb ich einen Artikel, den du dir bei Gelegenheit auch mal durchlesen kannst: 'Wäre Buddha CEO'.«

Ich blickte zu Mirjam. Auch sie lauschte Thomas gespannt.

»Aber langsam merken die Menschen in den Unternehmen, dass es gilt, neue Wege zu gehen. Und du, Michael, wirst deinen Teil dazu beitragen.«

Mirjam erhob ihr Glas.

»Die Herren, darauf sollten wir anstoßen.«

Wir verbrachten noch einen schönen letzten, gemeinsamen Abend. Die Verabschiedung war herzlich, wenn auch etwas traurig. Wir versprachen uns aber, uns bald wieder zu treffen. Mirjam meinte, wir würden im Sommer einige Tage hier verbringen. Mir gefiel ihr Vorschlag sehr.

Als wir zu Hause ankamen, gingen wir gleich zu Bett. Wir hatten beide viel Wein getrunken, der uns aber nicht davon abhielt, noch etwas zu kuscheln.

Am letzten Tag im Norden besuchten wir noch einige Bekannte und verbrachten den Abend in Büsum. Es war ein romantischer Abend. Ich genoss ihn sehr.

Wir sprachen viel über Thomas. Er hatte uns beide sehr fasziniert.

Am nächsten Morgen packten wir nach einem ausgiebigen Frühstück alles zusammen und fuhren zurück.

Wir fuhren direkt zu Ursula, um Jana abzuholen. Mirjam und sie hatten ausgemacht, dass sie ab Montag wieder zur Schule gehen würde.

Ich hatte gemischte Gefühle. Da war immer noch dieser Zettel in meinem Kästchen und ich wollte ihn erledigt wissen. Aber nicht nur deswegen, sondern weil mir mein Kind so sehr fehlte. Ich hatte so viele Anregungen, Informationen und Erlebnisse in den letzten Tagen gehabt, dass ich immer weniger an sie gedacht hatte. Das bereitete mir ein schlechtes Gewissen. Es änderte aber nichts daran, dass ich jetzt an sie dachte und dass ich wieder mit ihr reden wollte.

Wir gingen hinein. Mirjam lief gleich in Janas Zimmer, um ihr Gepäck zu holen.

»Wie geht es dir, Michael?«

»Es geht mir wieder besser, Ursula. Es tut mir leid, wenn ich euch irgendwie Ärger gemacht habe.«

»Ist schon in Ordnung. Ich weiß, dass auch du eine schwere Zeit hattest. Es wird alles wieder gut werden. Es war gut, dass die Kleine euch beide mal ein paar Tage los war.«

Sie zwinkerte mir frech zu.

»Wie meinst du das?«

»Naja, Kinder in dem Alter, oder Jugendliche, sind einfach sehr eigen. Sie haben oft kein Verständnis für ihre Eltern und sind der Meinung, dass sie eh alles falsch machen. Manchmal öffnen sie sich anderen Personen mehr als den Eltern. Und manchmal hat diese andere Person einfach mehr Einfluss auf die Heranwachsenden.«

Sie legte mir ihre Hand auf die Schulter.

»Versuch, mit ihr zu sprechen. Sag ihr, dass du etwas falsch gemacht hast und nimm sie einfach in den Arm. Manchmal wollen sie wirklich nur in den Arm genommen werden, auch wenn sie so tun, als wollten sie es nicht.«

Mirjam und Jana kamen die Treppe herunter.

»Hallo Schatz«, kam es aus mir herausgeschossen, als ich meine Tochter sah. Sie sah wieder besser aus als das letzte Mal.

»Hey.«

Sie antwortet kühl, aber immerhin antwortete sie mir.

»Wie war's da oben?«

Fragte sie gerade, wie es bei mir gewesen war? Ich musste diese Information einen Moment lang verdauen.

»Danke... es war gut. Aber ihr habt mir gefehlt.«

Sie ging an mir vorbei und lief zum Auto. Verunsichert sah ich zu Ursula und Mirjam. Beide, wie Zwillinge, signalisierten mir, dass ich hinterher gehen sollte. Brav befolgte ich ihren Ratschlag.

Ich lief nach draußen und machte Jana den Kofferraum auf, damit sie ihr Gepäck hineintun konnte.

Sie hatte einen coolen Hut auf. Nicht so düster wie sonst, eher frech. Ich konnte dennoch sehen, dass ihre abrasierten Haare wieder nachgewachsen waren.

»Ich habe einen Fehler gemacht und es tut mir schrecklich leid. Können wir einfach bei Null anfangen, mein Schatz?«

Es kam einfach so aus mir heraus. Ohne meine Worte zu bedenken sagte ich diesen Satz der Hoffnung.

»Mhm.« Sie zuckte mit den Schultern, gefolgt von einem kleinen Nicken.

Es war das schönste »Mhm« das ich jemals gehört hatte. Ich nahm sie in meinen Arm und drückte sie fest. Leise flüsterte ich in Ohr

»Ich danke dir.«

27

Wir verbrachten den Abend gemeinsam. Nachdem wir schön essen gegangen waren, sahen wir uns zu Hause noch einen Film an: 'The peaceful Warrior – der friedvolle Krieger' mit Nick Nolte. Thomas hatte ihn uns mitgegeben. Ein toller Film, gut gemacht, spannend, bewegend und voller Weisheiten. Ein Film zum Reflektieren, der gleichzeitig, aber wirklich Spaß machte. Er basierte auf einer wahren Begebenheit. »Dan Millman gibt es wirklich«, sagte Thomas, als er uns die DVD zum Abschied schenkte. Dieser gemeinsame Abend war sehr schön und wir hatten ihn alle dringend nötig. Als ich im Bett lag, kreisten meine Gedanken jedoch schon um den morgigen Termin mit Stein. Ich hatte meine Angst durch die vielen anderen Ereignisse etwas zügeln können, aber jetzt musste ich unbedingt herausfinden, was Sabine getan hatte.

Die Nacht schien ewig anzudauern. Keine Spur von Schlaf. Als es dämmerte, beschloss ich aufzustehen. Ich machte mir einen Kaffee und stellte mich auf die Terrasse. Ich genoss die Frische der Luft und sog sie förmlich ein. Heute würde ich Kraft brauchen, das spürte ich.

Meine Gedanken drehten sich um das Gespräch. Was wäre, wenn Stein mich entlassen würde? Wie sollte ich dann in der Lage sein, alle laufenden Kosten zu begleichen? Es war ohnehin schon manchmal knapp geworden. Natürlich hatten wir einen guten Lebensstandard, mehr als mittelmäßig. Mirjam legte viel Wert auf Qualität, Bioprodukte und Fairtrade. Und in den Urlaub wollten wir auch ein- zweimal im Jahr und dann das neue Auto, Essen gehen, die Versicherungen, Kleidung und so weiter, das alles schluckte einen beachtlichen

Teil meines Einkommens, da blieb nicht mehr viel übrig. Zudem kamen nun auch Janas Therapiekosten. Ich konnte es mir unmöglich leisten, jetzt meine Stelle zu verlieren. Und wer würde einen Fünfzigjährigen schon einstellen? Wäre das der Todesstoß für mich und meine Familie? Läge dann doch alles in Scherben? Die Gedanken quälten mich.

Nach einem ausgiebigen Besuch im Badezimmer machte ich mich auf den Weg ins Büro.

Die frische Morgenluft durchflutete meine Lungen und ich versuchte, die negativen Gedanken beiseitezuschieben. Ich versuchte, mich auf jeden Schritt zu konzentrieren, jeden Atemzug wahrzunehmen, im Hier und Jetzt zu sein. Es half mir ein bisschen.

Im Büro blickte ich mich erst einmal genau um. Ich wollte Sabine nicht schon vorher begegnen, wer weiß, was dann geschehen würde.

Ich bog gerade um eine Ecke und lief ihm direkt in die Arme. Ben.

»Hallo... ach du... hey, wie geht es dir?«

»Wie es mir geht? Du fragst, wie es mir geht?«

Ben lachte trocken und sah mich verwundert an.

»Ja, wieso denn auch nicht? Habe ich was verpasst?«

»Naja, wenn du nicht weißt, was hier über dich gesprochen wurde, dann hast du wirklich etwas verpasst. Mensch Michael, ich habe dich einfach nicht erreicht. Wo warst du denn die ganze letzte Woche?«

»Ich habe an meinem Konzept gearbeitet, im Haus meiner Mutter. Warum denn? Sag mir mal bitte, was los ist. Ich weiß schon, dass Sabine irgendwas ausgeheckt hat. Ich treffe mich deswegen mit ihr und Stein um 9 Uhr.«

»Ausgeheckt ist gut. Sie hat angeblich E-Mails gefunden, in denen du mit der Sohner AG kommuniziert und interne Informationen rausgegeben hast.«

Meine Knie fühlten sich weich an. In meinem Hals steckte ein Kloß. Ich versuchte zu schlucken, aber es ging nicht. Es schmerzte.

»Außerdem behauptet sie, du hättest sie sexuell belästigt und mehrfach genötigt. Du hättest ihr mit Jobverlust gedroht, wenn sie nicht willig sei oder mit irgendjemand über deine Neigungen sprechen würde.«

Mitfühlend fasste er an meinen Arm.

»Ich weiß, dass das nicht stimmt. Es stimmt doch nicht, oder?«

Ich schüttelte den Kopf. Wie sollte ich das widerlegen können?

»Michael, es sieht nicht gut aus. Stein hängt seitdem ziemlich viel mit ihr zusammen. Hast du denn wenigstens ein Konzept hinbekommen?«

»Ja...«, murmelte ich gedankenversunken vor mich hin.

»Warum tut sie denn so etwas? War da irgendwas zwischen euch?«

Ich sammelte mich so langsam wieder.

»Ben, danke für die Info. Ich erzähle dir alles ein anderes Mal. Nur so viel: es stimmt nicht. Keines von beidem.«

Ben nickte. Ich ging weiter in Richtung meines Büros. Es war keiner drinnen.

Mir blieb noch eine Stunde bis zu dem Treffen. Ich musste mir eine Strategie überlegen, um sie zu überführen.

Natürlich hatte ich alle verdächtigen E-Mails, die sie mir damals geschickt hatte, gelöscht. Es gab absolut keine Beweise oder Zeugen für unsere Affäre und den Irrsinn, den sie daraufhin mit mir angestellt hatte.

Ich suchte in meinem Rechner, ob ich diese angeblichen E-Mails an die Sohner AG irgendwo finden könnte, aber keine Spur davon.

Sabine hatte ja auch Zeit genug gehabt, um alles einzufädeln.

Ich hatte wohl keine andere Wahl, als es mit der Wahrheit zu versuchen. Stein und ich kannten uns schon so lange, ich hoffte, auf sein Vertrauen und seine Loyalität.

Als ich sein Büro betrat, saß sie schon bei ihm. Sie blickten beide zu mir. Sabine hatte ein verlogenes Grinsen. Stein schaute auf einen Stuhl. War dieser bewusst auf der anderen Seite des Tisches, den beiden gegenüber platziert? Sollten die Fronten dadurch schon aufgezeigt werden? Oder war es Zufall?

»Setzten Sie sich, Schneid.«

Sabine musterte mich mit einem versteckten süffisanten Grinsen. Ich versuchte, sie nicht anzusehen. Zuerst wollte ich mir einmal alles auftischen lassen, bevor ich versuchte mich zu verteidigen.

Stein nahm ein paar Papiere aus einer Schublade und legte sie vor mich auf den Tisch. Ich blickte flüchtig darauf und sah, dass es genau das war, was Ben mir bereits erzählt hatte: fiktive Schreiben an die Sohner Ag, mit meinem Absender darauf.

»Können Sie mir das erklären?«

Stein sah mich intensiv an, allerdings erblickte ich in seinem Gesicht, etwas Hoffnungsvolles. Ich war mir sicher, dass er nicht zu hundert Prozent davon überzeugt war, dass ich so etwas getan hätte.

»Die sind nicht von mir«, antwortete ich ruhig.

Sabine atmete heftig aus.

»Ich habe ja gesagt, dass er es leug...«, begann Sabine loszureden, aber Stein signalisierte ihr ruhig zu sein. Das gefiel ihr nicht. Ganz und gar nicht. Ich spürte, wie sie wütend wurde, dass er ihr so das Wort abdrehte.

»Schneid, hat noch jemand anderes Zugang zu ihrem PC, ihr Passwort oder dergleichen?«

»Nein. Nur Frau Briest, seit sie hier ist. Aber sonst niemand.«

»Die E-Mails sind aber von vor zwei Monaten.«

»Ich weiß nicht, wer es getan hat. Ich war es nicht«, entgegnete ich ihm.

Er überlegte einen kurzen Moment.

»Wissen Sie, ich habe keine Ahnung, was man heutzutage alles machen kann mit der IT und so weiter, ich weiß nur, dass ich nicht glauben will, dass Sie, als mein bester Standortleiter überhaupt, zu so etwas fähig wären.«

»Herr Stein, ich muss Ihnen ein Geständnis machen.«

Sabine sah erstaunt zu mir herüber. Stein wartete gespannt.

»Ich habe einen großen Fehler gemacht. Es war vor fünf Jahren, auf unserer Weihnachtsfeier in Frankfurt.«

Sabine verlor ihre Haltung. Ihr Gesichtsausdruck und ihre Farbe veränderten sich.

Stein hörte interessiert zu und beugte sich nach vorne.

»Ich habe mit Frau Briest eine Nacht verbracht. Das war ein großer Fehler, in mehreren Hinsichten.«

Sabine war wie versteinert.

»Ich war betrunken und in meiner Ehe lief es damals nicht besonders gut. Ich weiß, das ist kein Grund und innerhalb einer Firma ist so ein Verhalten mehr als unangebracht. Aber noch schlimmer als all das war, dass Frau Briest wohl an einer Art Trennungsangst litt. Sie stalkte mich ununterbrochen und drohte mir, Ihnen oder meiner Frau etwas zu sagen. Sie schrieb mir Droh-E-Mails, rief immer bei uns zu Hause an, ja sie ist sogar in unser Haus eingebrochen. Sie konnte meine Ablehnung nicht ertragen. Irgendwie habe ich dann aber doch einen Moment gefunden, wo ich ihr ins Gewissen reden konnte und von da an ließ sie mich wieder in Ruhe. Bis zu dem Moment, als sie hier als meine Unterstützung auftauchte.«

Stein nickte. Er sah verwundert aus. Aber nicht sauer.

Sabine starrte mich an. Auch ich wagte einen Blick und sah, dass ihre Augen feucht waren.

»Frau Briest, stimmt das, was Herr Schneid da sagt?« Herr Stein fragte sachlich und ruhig.

»Nein... es... ist eine Frechheit, dass Sie nur annehmen könnten, das wäre in irgendeiner Form wahr. Das muss er erst mal beweisen. Er war es, der mich belästigt hat. Er hat es eiskalt ausgenutzt, dass ich an unserer Weihnachtsfeier etwas viel getrunken hatte und hat mich vergewaltigt und auch später immer wieder gezwungen...«

Ich unterbrach sie ganz ruhig, aber sehr bestimmt und blickte Herrn Stein fest in die Augen.

»Ich kann es nicht beweisen, Herr Stein. Ich habe alle Beweise, jede E-Mail von ihr gelöscht. Natürlich wollte ich nicht, dass es irgendjemand herausfindet. Aber ich kann Ihnen versichern, dass ich Frau Briest nie belästigt habe. Im Gegenteil, seit dem Ausrutscher an der Weihnachtsfeier wollte ich jeglichen Kontakt unterbinden, doch sie ließ nicht locker. Ich habe auch niemals nur im Entferntesten dieser Firma geschadet. Wenn also zufällig jetzt, wo Frau Briest in meiner Nähe ist, die meine Ablehnung nicht ertragen konnte und immer versuchte mich zu erpressen und mir zu schaden, wenn also genau jetzt solche E-Mails auftauchen, dann bin ich gewillt zu glauben, dass sie etwas damit zu tun hat.«

»Ich glaube Ihnen, Schneid. Und ich bin sehr froh, dass Sie den Mut hatten, mir die Wahrheit zu sagen, besonders da sie sehr unangenehm ist. Schon Goethe sagte 'Es ärgert den Menschen, dass die Wahrheit so einfach ist.' Tja, manchmal ist sie einfach, die Wahrheit, aber dennoch schwer auszusprechen, nicht wahr?«

Stein lächelte, während er dies sagte.

Trotzdem war ich verunsichert. Woher dieser plötzliche Wandel bei Stein? Glaubte er mir so einfach? Ich hatte doch eigentlich keinen greifbaren Beweis.

Sabine wurde hysterisch.

»Aber, Sie können doch nicht einfach diese Lügen glauben? Herr Stein? Sie haben es hier doch schwarz auf weiß. Wie wäre ich fähig, so eine E-Mail zu fälschen? Was hätte ich denn davon?«

»Nun beruhigen Sie sich, Frau Briest. Wissen Sie, ich habe eine sehr gute Menschenkenntnis. Ich kenne

Herrn Schneid nun schon viele Jahre und ich weiß, was für ein Mensch er ist. Gut, es überrascht mich, dass er zum Ehebruch fähig war, aber nun denn, jeder steckt mal in einer schwierigen Phase und an der besagten Weihnachtsfeier waren wir doch alle nicht mehr ganz nüchtern. Aber ich weiß, dass er die Wahrheit sagt. Und wissen Sie Frau Briest, ich war auch nicht untätig. Ich habe den vermeintlichen Kontaktmann bei der Sohner AG angerufen und ausfindig gemacht. Sie haben gut recherchiert. Es gibt einen Rafael Meisner wirklich, aber er hat diese E-Mail nie erhalten und er kennt unseren guten Herrn Schneid überhaupt nicht.«

Sabine schluckte. Sie war nun völlig blass. Stein fuhr fort.

»Und noch was, Frau Briest, wenn Herr Schneid in der Lage wäre, jemanden sexuell zu belästigen, meinen Sie, es hätten sich in den letzten Jahren nicht noch andere Damen darüber beschwert? Nach der Geschichte, die ich jetzt über Sie beide erfahren habe, wird mir aber einiges klar. Sie dürfen gehen, Frau Briest. Für immer.«

Sabine stand auf. Sie krallte sich an ihrer Mappe, die sie dabeihatte, fest.

»Fein, dann weiß ich ja, was ich von Ihnen zu halten habe.«

Dann blickte sie zu mir.

»Dass du so unverschämt lügst, wird dir noch leidtun, das schwöre ich dir.«

Mit diesen Worten stürmte sie aus dem Büro.

»Es tut mir leid, Herr Stein. So etwas gehört hier nicht her. Aber ich danke Ihnen für Ihr Vertrauen.«

»Ach Schneid, wissen Sie, ich habe schon so viel erlebt, privat wie beruflich. Ab und zu ist etwas Abwechslung gar nicht schlecht. Sagen Sie mal, weiß Ihre Frau darüber Bescheid? Weil ich könnte mir denken...«

Ich nickte eifrig.

»Na, dann ist ja gut.« Er drehte sich auf seinem Ledersessel um und holte aus dem Schrank die Flasche Sambucca und zwei Gläschen.

»Auf den Schreck? Heute nehmen Sie aber gleich einen, oder?«

Ich grinste und reichte ihm ein Glas.

Wir stießen an und stürzten den Inhalt hinunter.

»Ah... so, jetzt werde ich mal Herrn Kühl informieren. Ich möchte nicht, dass diese Person unser Unternehmen weiterhin schädigt.«

»Gut, dann gehe ich auch mal wieder in mein Büro, oder?«

»Ja, ich komme vielleicht später noch einmal bei Ihnen vorbei. Ach so, wie weit sind Sie mit Ihrem Konzept?«

Ich lächelte zufrieden.

»Es ist fertig.«

Stein hob seinen rechten Daumen.

Als ich Steins Büro verließ, fühlte ich mich gut. Ich hatte gewonnen. Den jahrelangen Kampf gegen Sabine und mein schlechtes Gewissen. All die Trümmer, vor denen ich die letzten Wochen stand, der Scherbenhaufen, all das hatte sich letztendlich durch Wahrheit und Ehrlichkeit beseitigen lassen. Mein eigenes Kaleidoskop war fertig. Und es war wunderschön. Ich musste so tief unten ankommen, um die Kraft zu haben, alles auf eine Karte zu setzten und von Neuem zu beginnen. Und es hatte sich gelohnt.

Freudig steuerte ich auf mein Büro zu. Gerade als ich die Tür öffnen wollte, roch ich es. Roch ich sie. Sie fauchte mir von hinten ins Ohr.

»Das wirst du noch richtig bereuen, du Schwein.«

Ich drehte mich um. Ihre Schminke war verschmiert. Ein schwarzer Rand hatte sich unter ihren Augen gebildet. Ihre Augen waren rot und verweint.

»Weißt du noch, was ich damals in Hamburg zu dir sagte?«

»Komm mir jetzt nicht so. Ich werde es deiner Frau sagen. Heute noch. Du hättest mit mir die wahre Liebe haben können. Aber jetzt werde ich dir das Leben zur Hölle machen.«

Sie schaute giftig und entschlossen. Ich hatte nur müdes Mitleid für sie übrig.

»Ich sagte dir, dass du dir Hilfe suchen sollst. Hast du es getan? Hast du dir professionelle Hilfe geholt? Nach dem, was heute passiert ist, wahrscheinlich nicht. Ach ja, du kannst es Mirjam gerne sagen. Sie weiß es. Sie weiß alles. Deine Druckmittel sind ein für alle Mal Vergangenheit. Dem einzigen Menschen, dem du noch schaden kannst, bist du selbst. Und wenn du ehrlich bist, warst du es immer selbst, dem du am meisten geschadet hast.«

Ich ging in mein Büro und ließ sie vor der Tür stehen.

Sie kam mir nicht nach.

Ich sah sie den ganzen Tag nicht mehr. Später kam Ben zu mir und ich erzählte ihm alles. Er sagte mir, dass er gesehen hatte, wie Sabine wütend die Firma verlassen hatte.

28

Die ganze Woche über hatte ich Sabine nicht mehr gesehen. Sie hatte die Firma, wie es schien, wirklich verlassen. Ich brauchte ihre 'Hilfe' auch nicht mehr und arbeitete intensiv an meinem Konzept. Die Bücher, die mir Thomas gegeben hatte, waren Gold wert. Sie gaben meinem Konzept den letzten Schliff.

Ich konnte die Präsentation kaum noch erwarten. Aber ich war auch gespannt, was meine Kollegen so erarbeitet hatten.

Ich beschloss, ein spontanes Meeting zu machen. Stein sagte ich nichts davon. Es ging nur um die Mitarbeitenden, die unter meiner direkten Führung waren, das waren ungefähr fünfundzwanzig Personen.

Ich schrieb eine Rundmail und lud sie zum Mexikaner ein. Diese Investition aus meinem eigenen Geldbeutel sollte sich lohnen - hoffentlich.

Ich glaubte an mein Konzept und wollte es im Vorfeld prüfen. Die Reaktionen meiner Mitarbeiter würden mir zeigen, ob es der richtige Weg sein sollte.

»Also, Leute, ihr seid aus einem ganz bestimmten Grund hier. Zuerst möchte ich mich bedanken, dass ihr euch so spontan die Zeit genommen habt. Das zeigt mir schon mal, dass wir kein allzu schlechtes Verhältnis zueinander haben.«

Ein paar schmunzelten, der ein oder andere lachte. Ich wusste, dass ich eigentlich nie ein schlechter Chef gewesen war und freute mich wirklich über die rege Teilnahme an diesem Abend.

»Ihr habt ja mitbekommen, dass unsere Firma nicht mehr Marktführer ist und sich eine massive Krise für uns abzeichnet. Herr Stein hat von seinen Standortleitern ein Konzept zur Rettung gefordert. Abgabe: diesen Freitag. Ich möchte, dass ihr meine Ideen kennt und eure Meinung dazu sagt, bevor es am Freitag dann zur offiziellen Präsentation kommt. Vielleicht kann ich eure Ideen auch noch einarbeiten, so dass es noch besser wird und wir gemeinsam hinter dem neuen Konzept stehen. Ich bin absolut davon überzeugt und würde mich freuen, wenn ihr es auch seid.«

Petra, eine meiner Mitarbeiterinnen, signalisierte mir, dass sie eine Frage hatte.

»Michael, was uns alle wahrscheinlich am meisten interessiert ist, ob wir uns Sorgen um unseren Arbeitsplatz machen müssen?«

Ich blickte in die Gesichter meiner Angestellten und merkte, wie viel Angst sie tatsächlich um ihren Arbeitsplatz hatten. Alle waren total gespannt auf meine Antwort.

»Wenn uns der Turnaround mit diesem Konzept nicht gelingt, ja! Aber es ist kein gewöhnliches Konzept zur Kostensenkung oder zur Gewinnung von Marktanteilen. Es ist eine Idee, die einen kompletten Wandel der MaschBa GmbH mit sich bringt. Langfristig und nachhaltig und das auf allen Ebenen. Nicht alles auf einen Schlag und nicht im Hau-Ruckverfahren, davon halte ich nichts. Aber sukzessive und sehr gezielt. Wenn mein Konzept ... wenn *unser* Konzept angenommen wird, braucht keiner Angst um seinen Arbeitsplatz haben, im Gegenteil. Aber zuerst einmal wollen wir bestellen, ja?«

Wir bestellten uns mexikanisches Bier und diverse Fingerfood Platten. Als alle etwas entspannter waren und sich die Stimmung gelockert hatte, fing ich mit meinen Überlegungen zur Rettung der MaschBa GmbH an.

»Wisst ihr, mir ist bewusst geworden, dass nur wir, also ihr und eure Mitarbeiter, unsere Kollegen, die Belegschaft, die Menschen eben, über Erfolg und Misserfolg entscheiden. Mir ist aufgefallen, dass es verschiedene Umstände gibt, die die Leistung eines jeden Mitarbeitenden einschränken können – qualitativ wie quantitativ. Solche Störfaktoren können Dinge sein, wie Mobbing unter Kollegen, schlechte Klimatisierung der Räume, veraltete Programme auf den Computern, schlechtes Essen in der Kantine - ein Gelächter machte die Runde - oder auch zu wenig Anerkennung und zu viel Druck. Es können aber auch Dinge sein, die in dem persönlichen Alltag belasten, wie zum Beispiel die Erziehung der Kinder, die Pflege der Eltern, Geldsorgen, Beziehungsprobleme, gesundheitliche Probleme und vieles mehr. Wenn man das Gefühl hat, dass man den Herausforderungen des Alltags oder des Berufslebens nicht gewachsen ist, dann kann man auch nicht so viel leisten, wie es unter anderen Umständen möglich wäre. Das heißt, es gibt Faktoren, die die Menschen daran hindern 'zu können', 'zu wollen' oder 'zu dürfen'. Und dann können sie eben nur achtzig oder siebzig oder nur sechzig Prozent statt hundert Prozent Leistung bringen. Mein Konzept stellt euch, alle Mitarbeitenden, die Leistungsträger in den Mittelpunkt. Wenn es uns gut geht, wenn wir gesund und motiviert sind und innovativ denken, können wir gute Produkte herstellen und exzellenten Service erbringen. Dann kommen die Kunden wieder zu uns zurück und wir werden neue Kunden dazu gewinnen. Darum schlage ich vor, zuallererst die Firma ganzheitlich auf alle Schwachstellen hin zu analysieren, die uns davon abhalten, hundert Prozent Leistung bringen zu können, zu wollen und zu dürfen. Die Schwachstellen priorisieren wir anschließend nach dem größten Nutzen. So stellen wir sicher, dass wir an den richtigen Punkten ansetzen und nur Verbesserungsmaßnahmen durchführen, die auch wirklich was bringen. Wenn wir so bei jedem Mitarbeitenden nur fünf oder zehn Prozent herausholen können, dann ist das ein enormer Gewinn für jeden Einzelnen und das gesamte Unternehmen. Aber ich vermute, wenn wir es richtig machen, reden wir eher von zehn bis zwanzig Prozent.«

Ich beobachtete mein Team und sah, dass es für sie nur allzu logisch klang, was ich sagte. Das war gut. Ich fühlte mich stark.

»Ihr seid Teil des Ganzen und ohne euch wäre das Ganze nichts. Ihr sollt wissen, dass ihr und eure Arbeit viel wert seid. Nein, nicht nur viel wert. Ihr und eure Arbeit seid alles. Ohne euch und eure Arbeit gäbe es die MaschBa GmbH nicht!«

Ich merkte, wie gut und richtig sich meine Worte anfühlten. Zwangsläufig musste ich an Thomas denken.

»Ich habe mir viele Gedanken gemacht. Warum es mit uns bergab geht. Warum überhaupt immer mehr Menschen Depressionen oder Burnout haben. Das ist ja schon fast zur Volkserkrankung geworden. Jeden Tag wird uns von den Medien eingetrichtert, dass 'schneller, höher, weiter' normal sei und wie etwas perfekt aussehen könnte, sollte oder müsste. Diese Illusionen übertragen wir dann auf uns und unseren Alltag und versuchen mitzuhalten. Dabei ist das unmöglich. Es ist nicht die Wirklichkeit. Wir versuchen, uns überall anzupassen, an die Geschwindigkeit, an den Druck und das Pensum, das uns auferlegt wird, an die Erwartungshaltung. Aber wir sind keine Maschinen – und selbst die haben ihre Grenzen. Wir müssen lernen, wieder qualitativ zu arbeiten und uns auf das Richtige zu fokussieren. Nur das bringt Erfolg. Im Hamsterrad immer schneller zu laufen, führt unweigerlich zum Kollaps. Nur wenn wir das Richtige tun und wenn wir das auch richtig tun, dann haben wir auch wieder Spaß an dem, was wir tun und werden erfolgreich damit sein. Dann, wenn wir das Gefühl haben, es auch bewältigen zu können. Wir müssen unseren Alltag und unsere Arbeit 'entschleunigen' und unsere begrenzten Energien gezielt einsetzen. Wir dürfen sie nicht verschwenden. Der Fokus muss auf die Menschen gelegt werden, denn die entscheiden über Erfolg oder Misserfolg. Es sind Menschen, die tolle Produkte kreieren und wertvolle Dienstleistungen erbringen. Menschen erschaffen Unternehmen. Unternehmen ohne Menschen sind tot. Dabei ist es völlig egal, ob es ein kleines Unternehmen, eine Zahnarztpraxis, ein Restaurant, eine Handwerksfirma, ein mittelständiges Unternehmen oder ein Konzern ist. Es sind immer die Menschen, die den Unterschied machen. Und wir und unsere Kollegen, auch in den anderen Standorten, sind es, die für die MaschBa den Unterschied machen!«

»Gut gesprochen Chef!«

Ben erhob sein Glas. Alle anderen taten es ihm gleich. Ich prostete mit meinen Angestellten und kippte das kühle, erfrischende Bier hinunter.

»Ich würde mir wünschen, dass ihr alle, bis morgen Abend, spätestens Freitag früh eine Liste abgebt, mit Ideen, die ihr zur Verbesserung unserer Firma oder eurer Tätigkeit gerne vorschlagen würdet. Wäre das machbar? Ich habe dazu einen Fragebogen erarbeitet, der es euch leichter machen soll, auf alle Punkte einzugehen.«

Ich sah in begeisterte Gesichter, die mir zunickten.

Nachdem ich die Bögen verteilt hatte, fragten mich ein paar Mitarbeiter, was denn 'H2B' bedeutete. Ich hatte es als Logo auf die Fragebögen gedruckt.

»Es bedeutet 'Health to Business' und ist der Name zu unserem Programm.«

An diesem Abend sprach ich mit dem einen oder anderen noch etwas intensiver über mein Konzept und die konkreten Ideen. Alles in allem war ich auf einem sehr guten Weg, das spürte ich

29

Auch den nächsten Tag begann ich freudig. Es konnte mir kaum besser gehen und der große Tag stand kurz bevor. Alle Sorgen hatten sich in Luft aufgelöst. Ich war befreit.

Vielleicht würde sogar mein großer Traum, die Firma zu neuem Glanz zu führen und der Nachfolger Steins zu werden, wahr werden. Als ich im Büro ankam, setzte ich mich an meinen Rechner. Ich wollte noch schnell die Handouts ausdrucken, damit ich sie für den morgigen Tag gleich zur Hand hatte. Als ich in meinen H2B-Ordner schaute, fand ich... NICHTS!

Er war leer.

Nicht eine einzige Datei war mehr darin.

Ich versuchte, mich zu sammeln. Das konnte nicht sein. Ich hatte alles gespeichert. Ich war extra noch nach dem Mexikaner ins Büro gefahren und hatte alle Ideen des Abends eingearbeitet. Und jetzt war all das weg.

Bevor ich weiter an mir zweifelte, kam es mir aber. Natürlich. Es war nicht mein Fehler. Ich hatte alles gespeichert. Es war auch nicht der falsche Ordner.

Sabine!

Wie sollte es auch anders sein? Hatte ich denn ernsthaft angenommen, dass nun alles glatt laufen würde? Dass sich alles so - mir nichts dir nichts - in Luft aufgelöst hatte?

Natürlich nicht.

Sie hatte vorher Zugang zu meinem Rechner und hatte es immer noch. Wieso hatte ich nur vergessen, das Passwort zu ändern? Wie konnte ich so dumm sein?

Ich atmete tief durch und versuchte mich zu beruhigen. Es war alles halb so schlimm. Alle Unterlagen und Dateien befanden sich auch auf meinem Laptop zu Hause, bis auf die Änderungen von gestern Abend, aber die hatte ich in Papierform.

Das meiste hatte ich ohnehin an der Nordsee entwickelt. Wenn ich heute Abend alles ausdruckte, konnte ich die Kopien auch morgen früh noch machen.

Es gab kein Problem. Ich war schlauer als sie.

Ich widmete mich an diesem Tag nur mehr meinem Tagesgeschäft. Vielleicht war das ohnehin angebracht, da es schien, als wurde es sträflich vernachlässigt in den letzten Tagen.

Immer wieder kam einer meiner Mitarbeiter in mein Büro und gab seinen Fragebogen ab. Sie hatten sich zum Teil große Mühe gegeben und wirklich jeden Punkt sorgfältig überdacht. Ich sah, in nahezu jedem Fragebogen wurde die Kantine bemängelt, was mir die Sicherheit gab, dass das eine der ersten Baustellen sein würde, an der man arbeiten und investieren könnte. Begeistert war ich auf den ersten Blick von gleich zwei Ideen zur Kantine. Peter schlug vor, die angebotenen Gerichte mit einem Ampelsystem zu versehen. Grün = gesund, orange = ok und rot = weniger gesund. Und Martin schrieb, man könne doch die gesunden Gerichte günstig machen und die ungesunden teurer. Wow, wie genial. Und es würden dadurch mehr oder weniger keine Kosten verursacht. Allerdings müsste man die Köche wohl erst noch schulen oder weiterbilden, damit sie das Essen auch schmackhafter machten. Günther empfahl, den Aufzug nur dreistockweise fahren zu lassen. Das würde Energie sparen und die Mitarbeiter würden sich mehr bewegen. Aber konnte man so etwas einfach entscheiden? Es waren so tolle Ideen, vom betrieblichen Vorschlagswesen über Mentorenkonzepte bis hin zu regelmäßigen World Cafés, also Workshops zum offenen und konstruktiven Austausch untereinander, Einführung eines digitalen Kummerkastens, kollegialem Coaching und vielem mehr. Schon das Lesen machte mir Spaß.

Ich beschloss, früher nach Hause zu gehen. Vielleicht konnte ich ja auch noch etwas Zeit mit Jana verbringen. Sie war heute wieder in der Schule und ich hoffte, dass es ihr gut ergangen war.

Zu Hause angekommen, fand ich sie weinend in der Küche vor. Beschämt wischte sie sich ihre Tränen weg, als sie mich sah.

»Du bist ja früh hier«, stammelte sie.

»Was ist denn passiert?«

Ich setzte mich zu ihr an den Tisch. Gerne hätte ich sie in den Arm genommen, aber vielleicht war es dafür noch zu früh. Es war schwierig für mich einzuschätzen, was richtig oder falsch war in meinem Verhalten ihr gegenüber.

»Ach nichts. Ich habe die Flasche runtergeworfen.«

»Und deswegen weinst du?«

»Ich weine ja gar nicht.«

Ich stand auf und sammelte die Scherben auf, die neben ihr auf dem Boden lagen.

»Das ist doch nicht so schlimm. Hast du dich verletzt?«

»Nein, es ist nur...«

Ich sah sie an und hoffte, sie würde weitersprechen. Aber sie tat es nicht.

»Jana, du kannst mir ruhig sagen, wenn irgendetwas ist.«

Ich nahm mir einen Lappen und wischte den Orangensaft auf, der zum Teil schon etwas klebrig am Boden angetrocknet war.

»Ich habe seit zwei Tagen wieder so einen Schub. Wie damals, als die Diagnose gemacht wurde.«

»Und wie äußert sich das jetzt gerade?«

»Meine rechte Hand fühlt sich taub an und ich sehe auch etwas milchig.«

Sie sah traurig aus und ich hatte das Gefühl, dass sie sich aus irgendeinem Grund schämte.

Ich nahm ihre Hand und hielt sie fest.

Sie weinte jetzt wieder, aber ich spürte, dass sie meine Nähe zuließ, dass sie sie brauchte. Ich umarmte sie zaghaft und sie erwiderte meine Umarmung innig. Es war seit Jahren das erste Mal, dass wir uns so nah waren. Irgendetwas sagte mir, dass es für Janas Zustand wichtig war.

»Jana, mein Schatz, wir stehen das gemeinsam durch, wir schaffen das. Du schaffst das und wir tun alles, was möglich ist, um dir zu helfen. Sag mir, wenn ich dir irgendwie helfen kann.«

Sie wischte sich erneut ihre Tränen weg.

»Würdest du mir einen Orangensaft eingießen?«

Ich musste fast lachen, weil sie es so unheimlich süß sagte. Natürlich goss ich ihr sofort den Saft in ein Glas.

»Sollen wir zu deinem Arzt fahren?«

»Nein. Er meinte, diese Schübe sind normal und dauern manchmal ein paar Tage. Danach kann auch eine lange Zeit ohne Schub kommen. Darauf hoffe ich jetzt mal. Nur blöd, dass es ausgerechnet heute war, als ich wieder in der Schule war.«

»Ist etwas passiert... in der Schule?«

Ich hatte Angst vor der Antwort.

»Nein. Ich habe bloß nicht erkennen können, was auf der Tafel stand. Aber Mia hat mir ihre Notizen gegeben, dann kann ich es abschreiben, wenn es wieder besser ist.«

»Ich kann das auch für dich tun, wenn du willst.«

»Das schaffe ich schon noch. Danke.«

»Kann ich sonst was für dich tun?«

»Nein, aber ich bin etwas müde und lege mich jetzt, glaube ich, etwas hin.«

»Ja, klar.«

Sie stand auf und ging in Richtung Tür. Bevor sie hinausging, drehte sie sich noch einmal zu mir um.

»Ich habe dich vermisst. Uns. So, wie wir früher zueinander waren.«

»Ich auch.«

Wir lächelten uns zu. Dann verließ sie den Raum.

Ich schluckte und bekam glasige Augen. Wie konnte es nur zu so einer Distanz kommen? Ich liebte meine Tochter über alles und war froh, dass wir uns wieder nähergekommen waren. Wenn auch durch etwas so Furchtbares wie dieser Krankheit.

Plötzlich kam mir in den Sinn, dass es ja vielleicht schön wäre, wenn ich meine Frau überraschen würde und das Abendessen zubereiten würde.

Gesagt, getan.

Ich durchstöberte den Kühlschrank und überlegte mir, dass ich eine leckere Tomatensoße mit Gemüse machen könnte, dazu Spaghetti und Salat.

Es machte mir richtig Spaß. Ich wollte, dass alles perfekt würde. Wo waren denn nur gleich die Servietten? Und die Kerzen?

Ich bemerkte, dass ich von unserem Haushalt nicht wirklich viel Ahnung hatte. Mirjam machte ja immer alles. Ich stellte viele Kerzen im Wohnzimmer auf und deckte unseren Esstisch. Meistens aßen wir in der Küche. Aber nicht heute. Heute sollte ein besonderer Abend werden. Für die Hintergrundmusik wählte ich Frank Sinatra. Fly me to the moon. Diesmal verbanden mich wieder sehr gute Gefühle mit dem Song.

Mirjam musste so gegen 19 Uhr nach Hause kommen. Donnerstags hatte sie immer ihr Nachmittagstreffen mit ihren Freundinnen. Ich hoffte, dass es heute nicht später wurde, denn ich wollte nicht, dass meine Soße verkochte.

Ich ging zu Jana und sagte ihr, dass ich gekocht hatte. Wie es schien, war sie wieder etwas positiver gestimmt, wenn auch müde.

»Du? Gekocht?«

Das klang ja schon wieder recht frech.

»Ähm ja, wieso nicht?«

Langsam dämmerte es mir, dass ich eigentlich noch nie für uns drei gekocht hatte.

Mirjam war pünktlich und positiv überrascht von meinem Einfall. Es war ein wunderschönes Abendessen und wir unterhielten uns alle sehr befreit miteinander.

Die MaschBa, mein Konzept und meine Angst, dass Sabine mir jemals wieder schaden könnte, waren meilenweit entfernt.

Es war einfach wundervoll. Mirjam und ich tranken einen guten Rotwein und vergaßen die Zeit. Als Jana im Bett war, sprachen wir bestimmt noch zwei Stunden über Gott und die Welt. Nachdem die CD schon zweimal durchgelaufen war, stoppten wir noch einmal bei 'Fly me to the moon' und überredeten uns zu einem Tanz. Einfach so, in unserem Wohnzimmer. Ich hatte keine Gedanken. Ich tanzte und war dankbar. Ich genoss diesen Moment, wie selten einen Moment zuvor. Ich war nur im 'Hier und Jetzt'. Es fühlte sich unendlich gut an. Vielleicht sollte ich doch mal mit Yoga anfangen.

Wer dachte schon an solch einem Abend an Arbeit?

Vielleicht hätte ich es jedoch tun sollen, um wenigstens noch etwas retten zu können.

Dafür war es allerdings nun zu spät

30

Nach der üblichen Morgentoilette fiel mir siedend heiß ein, dass ich ja noch die Kopien vom Konzept machen musste. Schnell rannte ich ins Wohnzimmer und schaltete meinen Laptop ein. Aus der Schublade holte ich einen Stick und... Wo war der Ordner?

Auf meinem Desktop befand sich kein Ordner mit der Bezeichnung H2B.

Ich musste mich einen Moment setzen.

Das konnte doch nicht sein? Oder doch?

Ich vergaß zu atmen.

Panisch klickte ich alle Ordner an, um zu sehen, ob ich ihn vielleicht nur falsch betitelt hatte. Doch es war kein Irrtum. Der Ordner war weg. Ich ging auf 'Dateien suchen'. Nichts.

Ich lockerte meine Krawatte, um besser atmen zu können. Mein Herz schlug mir bis zum Hals. Sicher hätte man meinen Puls mit bloßem Auge sehen können.

Ich wurde wirklich im letzten Moment sabotiert. Das durfte doch nicht wahr sein. Hatte sie sich eingehackt? Oder war sie sogar wieder eingebrochen? Meine Hände zitterten. Ich klappte den Laptop wieder zu.

Was konnte ich jetzt noch tun? Ich musste versuchen, aus dem Kopf zu referieren. Das wirkte sicherlich sehr professionell und gut vorbereitet, dachte ich voller Ironie. Darauf konnte ich jetzt aber nichts geben. Ich musste retten, was noch zu retten war.

Da ich mir die Zeit für den Copy-Shop nun sparen konnte, überlegte ich mir eine neue Strategie. Was könnte ich sagen? Was könnte ich tun?

Sollte ich schnell noch etwas in den Computer tippen?

Um fünf vor zehn Uhr stand ich vor der Tür, in dem das Meeting stattfinden sollte. Meine Kollegen hatten sich im Vorzimmer noch mit Kaffee und Keksen eingedeckt. Ich hielt meine Tüte fest umklammert.

Kühl kam auf mich zu und streckte mir seine Hand entgegen.

»Schneid, schön Sie wieder zu sehen.«

»Ja, auch schön, Sie wieder zu sehen.« Meine Begeisterung war verhalten.

Ich begrüßte nun aber auch die anderen nach und nach. Frau Liebig sah etwas verschüchtert aus. Wahrscheinlich hatte Kühl schon wieder einen seiner Macho-Witze gerissen.

Herr Richter, der immer korrekt und eifrig bemüht schien und Herr Becker, ein etwas seltsamer Kauz, der aber eigentlich sehr freundlich war, standen auch schon bereit.

»Sie wissen schon, dass Sie mich um die beste Sekretärin gebracht haben, die ich jemals hatte?«

Kühl lachte, aber in seinen Augen erkannte ich, dass Wahrheit in seiner Aussage steckte.

»Tut mir leid, aber es war nicht meine Schuld. Sie hat sich das selbst zuzuschreiben.«

»Es war ja auch nicht Ihr Verschulden, dass Frau Briest unheimlich attraktiv war und Sie sich nicht gegen diesen Reiz wehren konnten, oder?«

Dieser Arsch. Er grinste süffisant und stellte mich vor allen bloß. Natürlich bekam ich fragende Blicke ab.

»Wieso schließen Sie denn von sich auf andere, Herr Kühl?«

Wir schauten uns böse an. Dann kam endlich Stein um die Ecke.

»Entschuldigen Sie meine Herren und meine Dame, ich habe mich etwas verspätet. Schön, dass Sie alle hier sind. Dann fangen wir doch gleich an. Nehmen Sie sich ruhig einen Kaffee oder einen Keks mit hinein. Wer weiß, wie lange das Meeting dauert, da kann man schon mal Hunger bekommen, nicht wahr?«

Stein lachte und griff selbst nach der Keksdose. Die anderen gingen schon hinein. Ich wartete, um vielleicht noch die Möglichkeit zu bekommen, mit Stein unter vier Augen zu reden.

»Herr Stein ich muss...«

»Was ist denn das für ein lustiger Turnbeutel, den Sie da bei sich haben, Schneid?«

Herr Stein deutete auf meine Stofftasche und grinste, während er sich einen dicken Schokoladenkeks in den Mund steckte.

»Herr Stein, man hat mich... also mein Konzept...«

»Herr Schneid, ich bitte Sie. Jetzt gehen Sie schon hinein, ich bin sicher Sie haben ein ganz tolles Konzept, aber wir gehen der Reihe nach durch. Ich will nicht, dass einer denkt, ich würde Sie bevorzugen, nur weil wir zufällig zusammen an einem Standort arbeiten.«

Er wischte einige Kekskrümel von seinem Jackett und beendete das Gespräch und damit meinen Versuch ihm alles zu erzählen und ging in den Tagungsraum.

Das Kammerspiel konnte beginnen.

Als wir alle in dem Raum saßen, erhob sich Stein. Das unterschwellige Gemurmel ließ nach.

»Meine geschätzten Kollegen, ich bin sehr dankbar, dass Sie alle heute hier erschienen sind. Ich will gar nicht lange große Reden schwingen, sondern möchte hören, was Sie vorbereitet haben. Vielleicht hat ja einer von Ihnen eine anregende Idee, mit welcher wir die MaschBa retten und wieder nach vorne bekommen können.

Herr Becker, wollen Sie vielleicht den Anfang machen?«

Stein setzte sich wieder und aß einen weiteren Keks.

Herr Becker stand auf und positionierte seinen Laptop. Er fing mit einer klassischen PowerPoint-Präsentation an. Ich blickte in die Runde. So wie es aussah, hatte jeder einen Laptop dabei, um sein Konzept vorzustellen. Jeder, außer mir.

Herr Becker fing mit seinem Vortrag an.

»Marktführer.

Das waren wir und da müssen wir wieder hin. Doch wie, frage ich Sie?

Ganz klar: Wir müssen Kosten einsparen. Effizienter werden.

Doch wie, frage ich Sie?«

Ich musste zwangsläufig grinsen. Er nahm seine Rednerposition wohl etwas zu theatralisch. Rhetorische Floskeln, die er irgendwo mal gehört oder nachgelesen hatte, planlos eingebaut, um Dramatik hervorzurufen. Naja, mein Fall war es nicht.

»Ich sage Ihnen, wie wir das bewerkstelligen können.

Wir werden die Standorte von fünf auf nur einen reduzieren.«

Erstaunte und nicht gerade erfreute Blicke machten die Runde.

»Wir werden die Produktion nach Ost-Europa und China verlagern. Die zentralen Aufgaben, insbesondere Personalwesen, IT und Marketing werden an externe Dienstleister verlagert, so können wir enorme Synergieeffekte schaffen und uns auf unsere Kernkompetenzen konzentrieren. Außerdem muss jeder Fachbereich innerhalb von sechs Monaten seine Kosten um zwanzig Prozent reduzieren.«

»Warum nicht gleich um hundert Prozent?«, platzte es aus mir heraus. Böse Blicke waren die Strafe für mein Fehlverhalten. Lediglich Stein grinste, da auch er nicht gerade positiv angetan war von Beckers Ausführungen.

»Herr Schneid, Sie können nach Beendigung meines Vortrags Ihre Meinung kundtun, wenn es denn nötig ist, nun möchte ich aber gerne fortfahren.«

Ich nickte ihm zu.

»Tschuldigung.«

»Außerdem werden wir alle Mitarbeiter einer ABC-Analyse unterziehen. Von den Mitarbeitern, die dabei lediglich das Leistungsniveau 'C' erreichen, werden wir uns trennen. Zugleich werden die Ziele der Vertriebsmannschaft um fünfundzwanzig Prozent angehoben.«

In mir schrie es schon wieder »Warum nicht gleich um hundert oder zweihundert Prozent?«, aber diesmal konnte ich mich bremsen. Allerdings schielte ich zu Stein, der auch mich ansah. Wir mussten beide schmunzeln, da wir wohl das Gleiche dachten. Ich fühlte mich, obwohl mein Konzept gestohlen wurde, wieder besser.

»Als letzten Punkt sollten wir eine Gemeinkostenwertanalyse durchführen, dabei können zusätzlich Bereiche identifiziert werden, in denen wir Kosten senken können. Härtere Richtlinien für Hotels, Firmenwagen,

Büromaterial und so weiter werden für weitere Einsparungen sorgen.«

Becker sah stolz in die Runde. Er schaltete den Beamer ab.

»Meine Damen und Herren, so einfach ist die Lösung und ich hoffe, dass wir mit diesen Maßnahmen die MaschBa GmbH wieder dort hinführen können, wo sie hingehört: an die Spitze! Vielen Dank.«

Becker setzte sich wieder an den Tisch. Irgendjemand fing zaghaft an, auf dem Tisch Beifall zu klopfen, ich glaube es war Frau Liebig, die einfach immer viel zu höflich war. Also stimmten wir mit ein. Ich allerdings sehr verhalten.

»Nun, Herr Becker. Ich danke Ihnen für die Ausführungen und Ihre Bemühungen. Gibt es dazu Fragen oder Kommentare?« Stein sah in die Runde. Sein Blick blieb an mir hängen.

Ich überlegte, ob ich besser nichts sagen sollte, aber dann dachte ich wieder an mein nicht vorhandenes Konzept und beschloss, wenigstens durch Kritik ein Statement zu setzen.

»Ich bin der Meinung, dass gute Mitarbeiter einen Umzug nicht unbedingt in Kauf nehmen werden, da sie es sind, die sich aussuchen können, wo sie arbeiten. Der demografische Wandel ist seit einigen Jahren im Gange, das heißt die Anzahl der Arbeitnehmer nimmt ab und die Schwierigkeit, gute Leute zu finden steigt somit - und wir haben gute Leute an unseren Standorten! Wenn wir diese verlieren, können wir dicht machen. Liebe Kollegen, der 'War for Talents' ist doch schon lange bei uns angekommen oder wollte Sie noch nie jemand abwerben?«

Ich schaute in die Runde. Kühl, der mich lediglich wieder bloßstellen wollte, sagte:

»Nein, ich habe keinen Kontakt zu unseren Konkurrenten, so kam auch noch nie jemand in die Verlegenheit, mich abzuwerben.«

Er schmunzelte süffisant.

»Herr Kühl, die Headhunter wissen sehr wohl, wo die guten Leute sitzen und wenn Sie noch keiner angesprochen hat, sollte Ihnen das zu denken geben.«

Alle sahen mich an, freuten sich aber insgeheim, dass sich endlich mal jemand traute, diesem aufgeblasenen Arsch Kontra zu geben. Was hatte ich denn noch zu verlieren? Stein musste natürlich eingreifen.

»Herr Schneid, bitte lassen Sie uns sachlich bleiben.«

Ich nickte ihm zu. Kühl sah mich kalt an.

»Die Kosten, um sich von Mitarbeitern zu trennen sind enorm, das sollte nicht unterschätzt werden. Außerdem wird das zu massiven Personalengpässen führen. Statt sich einfach pauschal von Mitarbeitern zu trennen, sollten wir diese entwickeln und fördern.«

Stein nickte und sah nachdenklich aus.

»Hat sonst noch jemand zu diesem Konzept etwas zu sagen, oder sollen wir uns einfach die nächsten erst mal anhören?«

Keiner sagte etwas.

»Gut, dann machen Sie doch einfach weiter, Frau Liebig.«

Etwas nervös stand Frau Liebig auf. Auch sie bereitete ihre PowerPoint Präsentation vor. Sie schien etwas Probleme mit dem Laptop zu haben. Aber nach einigem Hin und Her, klappte es. Stein hatte sich schon wieder einen Keks zugeführt. Naja, von nichts kam der Wohl-standsbauch schließlich nicht. Er hatte ihn bei mancher Gelegenheit auch scherzhaft seinen 'Schnitzelfriedhof' genannt. Eigentlich gar nicht lustig, wenn man genauer darüber nachdachte.

Frau Liebig strich ihr dunkelblaues Kostüm glatt und fing an zu referieren.

»Meiner Meinung nach sollten wir unsere Mitarbei-ter fördern. Wir sollten ihnen ein Gefühl von Akzeptanz, Wertschätzung und Nähe geben. Ich würde nicht so viel an der Produktion ändern, denn eigentlich haben wir da-mit immer ganz gute Ziele erreicht. Vielmehr sollten wir unsere Mitarbeiter näher zusammenbringen. Sie fragen sich jetzt vielleicht, wie wir das machen könnten. Die Antwort lautet: 'Incentives'. Das heißt, wir fördern Maß-nahmen, um die Mitarbeiter zur Kommunikation zu be-wegen oder gegenseitiges Vertrauen zu bilden. So etwas könnte man mit einem Ausflug in den Hochseilgarten machen oder mit einer pädagogisch geführten Natur-wanderung, gemeinsame Kultur- oder Sportreisen oder regelmäßige Theaterbesuche, da gibt es unendlich viele Angebote heutzutage.«

Frau Liebig trug ihre Idee mit großer Begeisterung vor. In ihrer PowerPoint-Präsentation kamen Bilder von Hochseilgärten und einer Theatergruppe, die mit den Firmenangestellten in Piratenkostümen Schwertkämpfe austrugen. Ich fand sie ja irgendwie süß. Aber auch ihr Konzept schien mir bisher zu pauschal und oberfläch-lich. Sicherlich hatte sie Recht, Teamgeist war wichtig. Aber erreichte man das über solche isolierten Maßnah-men?

Kühl schien schon gar nicht mehr zu zuhören. Als das Bild des Hochseilgartens kam, verdrehte er nur gelangweilt die Augen.

»Außerdem könnte man auch einen Mitarbeiter des Monats wählen. Das wäre für jeden eine Anregung, um mehr Leistung zu bringen. Als weiteren Punkt dachte ich an so eine Art Ideen-Werkstatt, in der jeder neue Ideen vorschlagen kann, über die dann abgestimmt wird.

Der Schlüssel in meinem Rettungskonzept ist also, die Motivation der Mitarbeiter zu fördern und mehr Incentives anzubieten.«

Sie strahlte uns alle an. Wir klopften. Diesmal fing ich an. Frau Liebig setzte sich wieder.

Ich überlegte einen Moment und wusste, dass alles, was Frau Liebig und Herr Becker vorgetragen hatten, die klassischen Ansätze waren, mit denen auch jeder x-beliebige Unternehmensberater oder Trainer ums Eck kommen würde. Das war doch kein Konzept. Das war alles viel zu pauschal. Nicht nachhaltig.

»Vielen Dank, Frau Liebig. Gibt es auch hierzu Kommentare?«

Erwartungsvoll blickte Frau Liebig in die Runde. Irgendwie wollte ich sie nicht enttäuschen.

»Ich finde es gut, dass Frau Liebig auf die Mitarbeiter eingeht, da ich denke, dass dort der Schlüssel liegt«, sagte ich.

Sie lächelte mir dankbar zu.

»Sonst noch jemand?«

Stein wartete einen Augenblick, dann fuhr er fort.

»Gut. Dann machen wir weiter. Herr Richter?«

Herr Richter war ein sympathischer Mann. Ich mochte ihn. Er war immer sehr bemüht, viel Leistung zu bringen, dabei war er jedoch immer sehr theoretisch und wissenschaftlich.

»Meine Damen und Herren, ich möchte Ihnen heute mein Konzept vorstellen, das sich hauptsächlich einer umfassenden Analyse des Ist-Stands widmet. Das heißt, alle Prozesse, die Organisation, die Produkte und der Service, die Mitarbeiter, die internen Dienstleistungen, die Lieferanten, die Kunden, die Märkte, ja bis hin zur Trendforschung müssen genau analysiert werden und dann mit dem idealen Soll verglichen werden. Aus dieser Differenz von Ist-Stand und Ideal-Soll können wir eine Strategie entwickeln und diese auf taktische und operative Maßnahmen herunterbrechen.«

Stein nickte immer. Es schien, als gefiel ihm diese Idee.

»Vielen Dank, das war es auch schon fürs Erste. Die genaue Analyse muss dann natürlich erst gemacht werden.«

Herr Richter setzte sich wieder. Er hatte Schweißperlen auf der Stirn. Aber er sah befreit aus und war sicher froh, dass er seinen Vortrag in dieser Kürze geschafft hatte.

Wir klopften. Was man einmal anfängt, muss man eben weitertreiben.

»Na, das war doch mal ein guter Ansatz. Herr Richter, ich könnte mir vorstellen, dass diese Analyse tatsächlich offenbaren könnte, wo der Hund begraben liegt.«

Stein war scheinbar angetan. Sah er denn nicht, dass solch eine Analyse Monate, ja Jahre dauern würde? Bis dahin wären wir nicht nur nicht mehr Marktführer, sondern hätten noch mehr abgebaut und dann wäre die Sohner AG nicht mehr unsere einzige Sorge. Außerdem hätte sich alles längst wieder geändert, bis wir mit der Analyse durch wären. Die Zeiten waren viel zu schnelllebig, zu dynamisch für einen solchen Ansatz.

»Gibt es hierzu Anregungen, Vorschläge, Kritik?«

Stein sah sich um. Dann meldete sich Kühl.

»Sehr geehrter Herr Stein, liebe Kollegen. Auch ich denke, dass eine Analyse sicher nötig ist. Allerdings ist die Idee von Herrn Richter zu umfassend. Bis diese Analyse abgeschlossen wäre, hätte sich der Ist-Zustand bereits wieder verändert.«

Da hatte er ausnahmsweise mal Recht. Er fuhr fort.

»Wenn Sie erlauben, würde ich gerne als Nächster referieren, dann kann ich mein Konzept in einen direkten Vergleich bringen.«

Er sah zu mir und Herrn Stein und bat visuell um Erlaubnis, als nächster vortragen zu dürfen.

Stein sah mich an. Ich zuckte mit den Schultern. Mir war es egal, wann ich mich blamierte.

Kühl ging nach vorne und warf den Beamer an. Dann bekam ich eine Ohrfeige, die sich gewaschen hatte. Mir war schwindelig.

Die erste Folie zeigte mein Logo, beziehungsweise Thomas´ Logo. In fetten grünen Buchstaben stand dort: 'H2B'!

Er?! Nicht Sabine? Hatte er Sabine beauftragt, mich auszuspionieren, um mich zu sabotieren? Er wusste, dass ich bei Stein hoch im Kurs lag. Kühl grinste fies, als er begann.

Was sollte ich tun? Aufspringen und ihn beschuldigen? Ich hatte keine Beweise und vor allem kein Konzept mehr. Kühl begann zu sprechen.

»H2B so lautet der Name meines Konzepts. Es bedeutet: Health to Brain«.

Was? Hatte ich da gerade richtig gehört? 'Health to Brain'? Dann kam es mir, ich hatte nirgends ausgeschrieben, was es bedeutete. Ich hatte immer nur das Kürzel in meinen Aufzeichnungen verwendet. Er konnte nicht wissen, dass es 'Health to Business' hieß. Wahrscheinlich hatte er sich einfach etwas ausgedacht. Ich musste kurz lachen, was Kühl für einen Moment irritierte. Und auch die anderen, waren durch mich kurz verwirrt.

»Auch ich denke, dass eine Analyse für das Unternehmen wichtig wäre. Aber nicht allumfassend, sondern auf unsere Mitarbeiter bezogen. Sie sind doch der Kern unserer Arbeit. Wenn sie mehr Leistung erbringen können, dann ist das ein großer Gewinn für das Unternehmen. Durch verschiedene Dinge kann ein Mitarbeiter gehemmt werden, volle Leistung zu bringen...«

Er ratterte mein ganzes Konzept herunter. Ich hörte nur noch halbherzig zu und überlegte mir, wie ich da wieder herauskommen könnte. Dann beschloss ich einfach aufzustehen.

Ich ging nach vorne und stellte mich neben Kühl.

Alles schwieg. Alle starrten mich an.

Kühl war sehr verwirrt und ich hatte es tatsächlich geschafft, ihn mundtot zu bekommen.

Alle warteten auf eine Reaktion von mir.

Ich nahm meinen Stoffbeutel und holte verschiedene Becher heraus. In Ihnen befand sich Obstsalat. 'Obstsalat to go' um genau zu sein.

Ich reichte sie herum. Alle gaben sie wort- und kommentarlos weiter.

Dann sprach Stein: »Schneid, können Sie mir mal verraten, was das hier wird?«

Und dann begann ich.

»Ich dachte, Sie haben vielleicht Hunger und wollen nicht immer nur diese ungesunden Kekse essen. Davon ernähren Sie sich viel zu oft und das ist einfach nicht gut für Sie. Zuviel Zucker, zu viele Kohlenhydrate, zu wenig Nährstoffe, zu wenig Energie. Probieren Sie doch mal was Neues.«

»Schneid, das ist ja äußerst nett, dass Sie sich hier um meine Vitaminzufuhr bemühen, aber lassen Sie doch Herrn Kühl erst mal seinen Vortrag beenden.«

»Deswegen bin ich ja hier. Herr Kühl braucht dringend meine Unterstützung. Er hat zwar ganz clever mein Konzept gestohlen, aber er hat es nicht verstanden.«

Raunen und Empören machte die Runde.

»Wie können Sie es wagen, mir so etwas zu unterstellen?«

Kühl war außer sich.

»Herr Schneid, können Sie diese Behauptung beweisen?«

»Naja, vielleicht. Dürfte ich kurz eine SMS schreiben? Vielleicht kann ich es dann in ein paar Minuten beweisen.«

Stein signalisierte mir ein 'Ok'. Ich ging an meinen Platz und schrieb die SMS. Dann ging ich wieder nach vorne. Alle starrten mich an. Kühl hatte einen hochroten Kopf.

»Mein lieber Herr Kühl, wenn Sie schon etwas, das Sie nicht entwickelt haben, als Ihres verkaufen wollen, dann doch bitte richtig. Ich helfe Ihnen da jetzt einfach mal aus.«

Er suchte nach den passenden Worten, aber noch bevor er sie loswerden konnte, fuhr ich fort.

»H2B bedeutet nicht 'Health to Brain' auch wenn es eine nette Formulierung ist, denn man muss ja auch nach der Gesundheit des Hirns schauen, was bei manchen ja anscheinend oft nicht so gut klappt«, ich schielte in Kühls Richtung und bekam das ein oder andere Grinsen meiner Kollegen dafür. »H2B bedeutet 'Health to Business', Gesundheit für das Unternehmen. Und unter Gesundheit verstehe ich ganzheitliche Gesundheit - und nicht nur die geistige, mein geschätzter Herr Kühl. Denn genauso, wie der Geist gesund sein muss, müssen auch die Seele und der Körper gesund sein, und zwar von den Menschen und dem Unternehmen. H2B bringt den Dreiklang von Körper, Geist und Seele und den Zweiklang von Menschen und Unternehmen in Einklang. Das heißt, wenn unsere Mitarbeiter in allen drei Bereichen, nämlich Körper, Geist und Seele gesund sind, dann bringen sie auch die höchstmögliche Leistung für das Unternehmen. Die Mitarbeitenden müssen 'können', 'wollen' und 'dürfen'. Einen Aspekt hat mein netter Kollege soeben demonstriert. Genau das, was er hier betreibt, Sabotage und Mobbing, immer wieder andere Mitarbeiter bloßzustellen, genau so etwas hindert uns doch unter anderem daran, hundertprozentig Leistung zu erbringen. Oder sehen Sie das anders, Herr Kühl?«

Erneut ging ein Schmunzeln durch die Runde. Auch Stein schien angetan. Ich hatte die komplette Aufmerksamkeit. Da Kühl wie versteinert und mit offenem Mund da stand, konnte ich meinen Vortrag doch noch halten.

»Wir wollen nicht durch Druck, Kürzungen oder Prüfungen die Mitarbeiter zu mehr Leistung bringen oder gar zwingen. Die Realität hat gezeigt, dass es so nicht funktioniert. Stellen Sie sich stattdessen mal vor, was es bedeuten würde, wenn es uns durch intelligente Ansätze gelingt, dass jeder Mitarbeiter seine Leistung auch nur um zehn Prozent steigert. Rechnen Sie das mal auf das gesamte Unternehmen hoch. Wir machen garantiert deutlich mehr Plus, als wenn wir unsere Mitarbeiter entlassen, neue einstellen oder unsere Produktionen auslagern. Die Mitarbeitenden müssen gesund sein, müssen sich zugehörig fühlen, müssen können, wollen und dürfen. Frau Liebig hatte da schon recht, wenn sie sagt, dass die Mitarbeitenden im Fokus liegen sollen. Allerdings bringen uns Incentives nur dann eine nachhaltige Wirkung, wenn sie in einen speziellen Prozess eingebunden sind. Isolierte Maßnahmen sorgen maximal für ein Strohfeuer. Doch auch hier muss man abwägen, ob die Mittel, die investiert werden, sich auch rechnen. Aber vom Ansatz her ist dieser Weg der richtige. Auch Herr Richter, der eine Analyse vorschlägt, ist auf dem richtigen Weg. Allerdings dauert es viel zu lange und bindet zu viele interne Ressourcen. Die Mitarbeitenden müssen uns sagen, was sie stört, welche Dinge sie hindern, mehr Leistung bringen zu können, zu dürfen oder zu wollen.«

Es klopfte an der Tür.

»Ah, das wird mein Beweis sein«, sagte ich und ging zur Tür. Ben stand davor. Er gab mir ein paar Zettel und kam dann hinein.

»Meine Damen und Herren, einige kennen meinen Mitarbeiter Ben Müller schon. Er ist heute hier, um Ihnen etwas zu sagen. Ben?«

Ich deutete ihm, nach vorne zu kommen. Kühl stand bereits abseits und verzog kaum noch eine Miene.

»Ja, ich habe gehört, dass Herr Schneid sabotiert wurde. Ihm wurden von seinem Rechner hier und zu Hause alle Unterlagen zu seinem Konzept gestohlen. Das geschah alles gestern Nacht, so dass Herr Schneid keine Möglichkeit hatte, sich auf das Meeting vorzubereiten. Ich, und alle Mitarbeiter unter Herrn Schneid können aber bezeugen, dass es sein Konzept ist, denn er hat uns alle am Mittwochabend zum Essen eingeladen, um uns sein Konzept vorzustellen.«

Herr Stein räusperte sich.

»Herr Müller, wenn ich Sie kurz unterbrechen darf. Herr Schneid, so war das aber nicht ausgemacht. Ihre Mitarbeiter können doch nicht vor uns, vor mir, Ihr Konzept, Ihre Strategie erfahren? Da brauchen Sie sich ja nicht zu wundern, wenn Ihnen jemand die Idee klaut.«

»Ich hatte einen Grund, Herr Stein. Lassen Sie Herrn Müller mal fertig erzählen.«

»Er erzählte uns von 'Health to Business' und bat uns, einen Bogen auszufüllen, in dem wir nach Verbesserungsideen und Vorschlägen gefragt wurden.«

Ich legte die Bögen auf den Tisch und sie wurden herumgereicht.

»Vielen Dank, Herr Müller. Ich denke, das reicht, um glaubhaft zu machen, dass es mein Konzept ist. Ach so, sehen Sie mal auf das kleine Logo oben auf den Bögen.« Das Logo war ein abgewandeltes Yin-Yang-Zeichen, das in der chinesischen Weltsicht die Einheit polar einander entgegengesetzter und dennoch aufeinander bezogener Kräfte symbolisiert. Auf die Idee brachte mich Mirjam.«

Ben verließ den Raum. Alle lasen aufmerksam die Bögen. Jedes Blatt hatte den Titel: 'Meine Ideensammlung zum Konzept H2B von Michael Schneid, Standort Süd'. Darunter stand: 'Sechs Felder beeinflussen den Erfolg eines Unternehmens: Körper, Geist und Seele von Mensch und Körper, Geist und Seele von Unternehmen. Wo, liebe Kollegen sehen Sie den größten Veränderungsbedarf für die MaschBa GmbH?' Jeder konnte es lesen. Schwarz auf Weiß.

Ich grinste Herrn Kühl genüsslich an. Er und ich wussten, dass ich gewonnen hatte.

»Herr Kühl, Sie wissen schon, was das bedeutet. Ich möchte Sie nachher in meinem Büro sprechen. Vielleicht vertreiben Sie sich die Zeit bis dahin außerhalb dieses Raumes.«

Stein sah ihn ernst an.

Kühl nahm seine Sachen und verließ den Raum. Als er draußen war, klatschten meine Kollegen heftigen Beifall. Sicherlich konnte er es draußen hören.

Ich fuhr fort, als wäre nichts gewesen.

»Liebe Kollegen, H2B berücksichtigt alle sechs Stellhebel eines Unternehmens.

Erstens der Körper der Mitarbeitenden: wird die Gesundheit und die Fitness der Menschen gefördert, können sie mehr Power und Energie mitbringen, was sich positiv auf die Leistungsfähigkeit auswirkt.

Zweitens der Geist der Mitarbeitenden: das Know-how muss aus-, fort- und weitergebildet werden, um so das gelernte Wissen anwenden zu können und auch einzelnen Talenten gerecht zu werden,

Drittens die Seele der Mitarbeitenden: Motivation und Engagement müssen gefördert werden, die Mitarbeitenden müssen sich zugehörig fühlen und einen Sinn in ihrer Arbeit erkennen, so dass sie bereit sind, Leistung zu bringen.

Viertens der Körper des Unternehmens: Organisation, Strukturen, Prozesse, Verwaltung, IT, Produkte und Services müssen optimiert und an die Bedürfnisse der Kunden und der Gesellschaft angepasst werden, um nachhaltig erfolgreich sein zu können.

Fünftens der Geist des Unternehmens: also das Know-how und der Wissenstransfer im Unternehmen müssen optimal genutzt werden, um vorhandenes Wissen gewinnbringend einsetzen zu können und die Innovationskraft des Unternehmens zu fördern.

Sechstens die Seele des Unternehmens: hier müssen wir uns den Fragen stellen, ob unser Betriebsklima stimmt, wie das Image unseres Unternehmens ist und ob unser Führungsstil und unsere Kommunikation zu unseren Visionen und Zielen passt.«

Ich ließ das Gesagte einen Moment wirken.

»Ist jemand von Ihnen der Meinung, dass einer dieser sechs Einflussfaktoren nicht wichtig für den Erfolg eines Unternehmens ist?«

Ein allgemeines Schweigen machte die Runde.

»Es gibt eine aktuelle Umfrage von 'Scientific Consulting Partners', das scheint mir eine 'etwas andere' Unternehmensberatung zu sein. Die Studie trägt bezeichnenderweise den Titel 'Körper, Geist und Seele' und hat bestätigt, dass aus Sicht der Befragten in allen sechs Bereichen ein nahezu gleich hoher Handlungsbedarf gesehen wird. Es gilt also, mit dem Blick fürs Ganze an die Sache zu gehen.«

Wieder ließ ich das Gesagte wirken.

»Aber ist es eigentlich nicht immer so? Wie gut wären unsere Maschinen, wenn unsere Steuerungen nicht ebenso gut wären? Wie gut würde wohl ein Auto fahren, das einen erstklassigen Motor, ein tolles Fahrwerk, super Reifen hat, wenn aber das Getriebe knirscht? Wie gut klingt ein Orchester, das aus den besten Musikern besteht, aber der Dirigent diese nicht in Einklang bringt oder dessen Pauke aus dem Takt ist? Eine Kette ist doch nur so stark wie das schwächste Glied. Wir haben uns immer auf Strukturen und Prozesse konzentriert und dabei die Mitarbeiter völlig vergessen. Hier müssen wir ansetzen. Bei den Menschen!«

Die Worte flogen mir nur so zu.

»Liebe Kolleginnen und Kollegen, fühlen Sie doch mal, das klingt doch mehr als vernünftig, oder?«

Ich blickte in die Runde und sah Zustimmung.

»In der Studie werden weiterhin sieben Leitfragen einer erfolgreichen Unternehmensentwicklung genannt. Ich zitiere:

Erstens: Agieren Sie auf Verhaltens-
             und Verhältnisebene?

Zweitens:	Beachten Sie Körper, Geist und Seele und deren Wechselwirkungen?
Drittens:	Konzentrieren Sie sich auf die Bereiche des größten Handlungsbedarfs?
Viertens:	Differenzieren Sie nach Standorten, Bereichen und Abteilungen?
Fünftens:	Priorisieren Sie Ihre Maßnahmen nach Kosten und Nutzen?
Sechstens:	Messen Sie regelmäßig den Nutzen Ihrer Maßnahmen und justieren Sie bei Bedarf nach?
Siebtens:	Ist Ihre Unternehmensentwicklung als kontinuierlicher Verbesserungsprozess etabliert?

Wenn ich diese Fragen für die MaschBa GmbH beantworten müsste, müsste ich siebenmal 'Nein' sagen. Wie sehen Sie das?«

Bedrückendes Schweigen.

»Wie bereits erwähnt sagt die Studie, dass alle sechs Bereiche Körper, Geist und Seele der Mitarbeitenden und Körper, Geist und Seele des Unternehmens nahezu gleich wichtig sind. Und was haben wir in den letzten Jahren gemacht? Immer reorganisiert, neue Vorschriften und Regeln etabliert, permanent die IT umgestellt und neue Systeme eingeführt. Ein englisches Sprichwort sagt: 'a fool with a tool stays a fool'.

Ich glaube, wir dürfen nicht die Organisation oder die Technik in den Vordergrund stellen, sondern eben die Menschen - uns selber.«

Ich wurde getragen von meiner Euphorie und der Logik meines Konzepts.

»Weiterhin sagt die Studie, Deutschland sei ein Wissens- und Innovationsstandort und müsse es bleiben, oder versinkt im Mittelmaß. Wie fördern wir denn das Wissen unserer Mitarbeitenden und den Geist unseres Unternehmens? Wie ist es denn um die Innovationen der MaschBa bestellt? Was haben wir in den letzten drei Jahren denn wirklich Tolles oder Neues auf den Markt gebracht?«

Wieder bedrückendes Schweigen.

»Und wissen Sie was? Der zweitgrößte Handlungsbedarf wird bei der Seele des Unternehmens gesehen. Eben beim Betriebsklima, der Unternehmenskultur, der Führung, dem Teamgedanken, der Arbeitgeberattraktivität und so weiter. Hand aufs Herz: Finden Sie das noch so gut bei uns wie vor fünf Jahren?«

Keiner sagte etwas, aber verstohlen blickten sie sich um. »Also, lassen Sie uns gemeinsam neue Wege gehen, alte Zöpfe abschneiden, nicht auf Fehlern der Vergangenheit herumreiten. Lassen wir die MaschBa GmbH zu altem neuem Glanz erstrahlen. Wir. Wir gemeinsam!«

Begeisterung breitete sich im Raum aus. Ich hatte sie.

»Es ist an der Zeit, Menschen und Unternehmen ganzheitlich zu sehen und die Verbindungen in einem

System zu verstehen. Erfolgreiche Unternehmen bestehen aus bereichsübergreifenden Teams, die hinter den Zielen des Unternehmens stehen, die die Rahmenbedingungen des jeweiligen Gegenübers, Kollegen, Lieferanten und Kunden, verstehen und sich zu einhundert Prozent für sie einsetzen, deren Teammitglieder in ihrem Beruf ihre Berufung sehen.

Unser tägliches Handeln und alle Maßnahmen und Projekte haben doch nur ein Ziel: nachhaltigen Erfolg für unseren Verantwortungsbereich, für unser Unternehmen und natürlich für uns selbst. Nur durch eine ganzheitliche Sichtweise auf Unternehmen und Mitarbeiter gewährleisten wir eine nachhaltige Unternehmensentwicklung und übertreffen den Nutzen unserer jetzigen Aktivitäten um ein Vielfaches. Davon bin ich zutiefst überzeugt.«

Alle hingen mir an den Lippen. Auch Stein.

»Schneller, höher weiter war gestern. Intelligenter, engagierter und gesünder lautet das Motto von heute und ist die Idee von H2B. Work smart, not hard. Ganzheitlich und mit den Menschen im Mittelpunkt. Ich wünsche mir von Herzen, dass wir gemeinsam diesen Weg gehen. Vielen Dank.«

Frenetischer Beifall. Es war mir schon fast unangenehm. Im Geheimen dankte ich Thomas, denn ohne ihn hätte ich das alles nie geschafft. Ohne ihn wäre mir der Anstoß in diese Richtung nicht gelungen. Ohne ihn hätte ich sicher auch nie nach den Studien von 'Scientific Consulting Partners' im Internet gesucht. Zum Glück hatte ich diese wenigstens ausgedruckt.

Ich hatte mir vorgenommen, mit dieser Firma gleich nächste Woche einen Beratungstermin zu machen, denn meine Recherchen hatten ergeben, dass alle Kunden, also einhundert Prozent, diese Unternehmensberatung weiterempfehlen, während die großen Beratungen gerade mal siebenundfünfzig Prozent Kundenzufriedenheit haben. Das musste einfach für diese Firma sprechen und meine Ideen konnten sie und die MaschBa bestimmt nur positiv beeinflussen

31

Ein Tag, der wie ein Desaster anfing, hatte sich zum besten Tag meines Lebens gewandelt. Ich hatte es geschafft. Ich hatte alle meine Zettel aus meinem Wunschkästchen abgearbeitet und nicht nur das, all das, was ohne Ausweg schien, hatte sich gelöst und zum Guten gewandt. Meine Beziehung zu Jana schien besser zu werden als sie es zuvor war, die Beziehung zu Mirjam war erfrischend anders geworden und so intensiv, wie lange nicht. Ich war befreit von meinem schlechten Gewissen und Sabine konnte mich nicht länger erpressen. Außerdem hatte ich auch mein berufliches Ziel erreicht: Stein hatte mich hochoffiziell zu seinem Nachfolger ernannt. Mein Konzept hatte einen solchen Eindruck auf ihn und die anderen gemacht, dass wir noch am gleichen Tag anfingen, daran zu arbeiten.

Ein paar Wochen später, während unsere ersten Umgestaltungsmaßnahmen bereits in vollem Gange waren, nahm ich mir ein paar Tage frei und fuhr mit Mirjam nach Burg. Ich wollte Thomas sehen und ihm von dem erfolgreichen Konzept erzählen.

Ich hatte große Lust, mit ihm unser Abendessen zu fangen. Natürlich freute er sich über unseren Besuch und wir pflegten unsere 'neue-alte' Tradition.

»Ich danke dir, Thomas. Ohne dich hätte ich das alles nicht geschafft.«

»Doch das hättest du auch alleine geschafft, aber vielleicht nicht ganz so schnell. Ich durfte dich nur ein bisschen schubsen.«

Er strahlte mich mit seinen blauen Augen an.

»Als ich das erste Mal hier mit dir saß, hätte ich mich am liebsten in dem Wasser ertränkt. Alles schien so kaputt und aussichtslos. Aber du hast mir wirklich geholfen. Ich habe plötzlich alles aus einem anderen Blickwinkel gesehen.«

»Du musstest lernen, dass Scherben manchmal gut sind. Sie schneiden nicht nur, sie glänzen auch. Sie reflektieren und spiegeln. Sie können bunt und schön sein. Man kann etwas daraus entstehen lassen, was die Dinge in einem neuen Licht erscheinen lässt. Eben wie ein Kaleidoskop.«

Ich nickte und konnte nun genau verstehen, was er meinte.

»Gibt es irgendetwas, was ich für dich tun kann, Thomas?«

Er sah mich an. Ich erwartete, dass er abwinken würde, aber er sah geheimnisvoll aus. Er grinste und schaute aufs Wasser. Plötzlich sah er mich an und sagte:

»Schreib ein Buch darüber.«

»Worüber?«, fragte ich ihn.

»Über alles, was dir passiert ist. Das mit deiner Firma, deiner Tochter, mit Sabine. Einfach alles. Mit uns und dem leckeren Fisch.«

Ich schwieg.

»Weißt du, man sollte viel öfter über sein Leben und die Ereignisse, die so geschehen schreiben. Menschen wissen dann, dass so etwas passieren kann. Jedem von uns. Und sie sehen, dass es sich lohnt, wieder aufzustehen und weiterzumachen. Selbst wenn man denkt, es gibt keinen Ausweg mehr.«

Er streckte mir seine Hand entgegen, er meinte es ernst und wollte es besiegeln.

Ich zögerte einen Moment, dann streckte ich ihm meine Hand entgegen. Mit einem festen Händedruck war alles klar.

Ich sah auf das flimmernde Wasser und überlegte, ob ich das wohl könnte, ein Buch schreiben. Stoff hätte ich ja wirklich genug.

Was für ein Titel könnte es haben, mein Buch?

Es müsste prägnant sein. Und was mit Thomas zu tun haben.

Vielleicht etwas mit Scherben.

Aber ich hatte ja noch genug Zeit darüber nachzudenken.

Schlusswort

In der bewegenden Geschichte 'Ich bin das Licht' von Neale Donald Walsh ist eine kleine Seele auf der Suche nach Wachstum. Dieses Wachstum erfährt sie durch einen Engel, der in ihr Erdenleben tritt.

Ich glaube, unser Dasein auf Erden dient unserem Wachstum. Das Leben schubst uns in die Richtung, die unserem Wachstum am dienlichsten ist. Täglich. Wenn wir unsere Achtsamkeit schärfen, erkennen wir jeden Engel, der uns geschickt wird, wohin unsere Reise auch geht. Ich bin dankbar für alle Engel, die mir geschickt wurden und noch geschickt werden.

Ich danke Annika Strauss für die tolle Zusammenarbeit. Wir waren ein Team, wie es im Buche steht, haben uns ergänzt, gerieben und inspiriert. Annika hat meine spirituellen Ideen und fachlichen Inhalte auf eine Art und Weise umgesetzt, dass sie mich schon während der Entstehung des Buchs berührt haben. Danke.

Sie haben Fragen, Anregungen zum Buch oder wünschen ein persönliches Gespräch mit mir? Gerne! Mailen Sie mir kurz (knauf@scopar.de) Ihr Anliegen und Ihre Kontaktdaten und Sie hören von mir. Versprochen!

Auf Wiederlesen, Wiederhören, Wiedersehen!

Herzliche Grüße und bleiben Sie gesund

Ihr
Jürgen T. Knauf

Quellen der Inspiration

Ich bin das Licht (Neale Donald Walsh)

The Peaceful Warrior (Dan Millman, Nick Nolte)

Der große Diktator (Charlie Chaplin)

Selbstliebe (Charlie Chaplin)

Der Film Deines Lebens (Sebastian Goder)

Siddharta (Herman Hesse)

Der Prophet (Khalil Gibran)

No fear in now (Sadhguru)

Tao Te King (Lao-Tse)

The Wayseer Manifesto (Garret John LoPorto)

Das Lola-Prinzip (René Egli)

Wenn Buddha Chef wäre - Vier Wahrheiten und acht Pfade für ein erfolgreiches Leadership und ein glückliches Leben (Jürgen T. Knauf)

Vorsicht kalte Depression – Burnout ist in aller Munde, doch die Vorstufe kennt kaum einer (Jürgen T. Knauf)

Der Einstein-Code - Echte Leader braucht das Land (Jürgen T. Knauf)

Ganzheitliches und integriertes Gesundheitsmanagement mit Health2Business (SCOPAR)

Und natürlich unsere Konzepte, Studien und Artikel (www.SCOPAR.de)

Gut beraten!

Unternehmensberatung mit Weitblick

Liebe Leserin,
lieber Leser,

Sie befinden sich in Ihrem Unternehmen in einem ähnlichen Spannungsfeld wie Michael Schneid und wünschen oder benötigen Veränderung? Sie wünschen sich, dass Ihr Verantwortungsbereich erfolgreicher oder Ihr Projekt ein Erfolg wird? Sie wünschen Strategie, Konzeption und Umsetzung aus einer Hand?

Menschlich und stets mit dem Blick fürs Ganze, so unterstützt Sie das Team von SCOPAR sehr gerne in den Bereichen Strategie und Organisation, IT, Personalentwicklung und Gesundheitsmanagement (H2B).

Rufen Sie uns an oder mailen Sie uns. Alle unsere Kunden (100%!) empfehlen SCOPAR weiter ..

Herzlichst

Ihr Team von
SCOPAR – Scientific Consulting Partners
E-Mail: info@scopar.de
Web: www.SCOPAR.de

Gut gecoacht!

Resonanz-Coaching mit Wirkung

Liebe Leserin,
lieber Leser,

kommt Ihnen die Situation des Protagonisten bekannt vor? Manchmal sind wir wohl alle in der Situation von Michael Schneid und könnten einen Impulsgeber wie Thomas sehr gebrauchen, der von außen als Wegweiser fungiert. Vielleicht jemand, der unbefangen ist und Sie inspiriert. Vielleicht ja der Autor dieses Buches. Vielleicht ja ich. Mein Name ist Jürgen T. Knauf und ich widme mich seit über zehn Jahren dem Dreiklang von Körper, Geist und Seele. Daraus abgeleitet ist mein Resonanz-Coaching für einen wirkungsvollen Veränderungsprozess - für mehr Lebensfreude, für mehr Gesundheit, für mehr Erfolg - für Sie.
Rufen Sie mich an oder mailen Sie mir und lassen Sie uns prüfen, ob unsere Chemie passt und klären, wohin die Reise gehen darf ..

Herzlichst

Ihr
Jürgen T. Knauf
(knauf@scopar.de)

Meine Notizen